半眠中，
各人

春花

王統照——著

一個人如真有決心能抛開一切，去為他的思想找出路，
只要經過自己的確實的衡量，別人有什麼權利去反對？

「他們的奮鬥、掙扎、沉溺，更可顯露出這個時代中社會變動的由來：
是社會生活決定了人生，也是個人的性格造成了
他與社會生活的悲劇及喜劇。」——王統照

目錄

目錄

自序

自從《山雨》出版後，我早已不想寫小說了。在歐洲十幾個月，流連風物，博搜廣覽，比較之下，更覺出祖國現在文化的貧乏，有工夫多用在調查讀書兩件事上，除掉偶而寫幾行筆記以應友人之約外，可說什麼文字都沒動筆。每每在旅居寂寞中想，寫什麼呢？像自己所知，所得，所能，能寫出何等的文字來？希望它，給我們這樣古老民族一點點精神上的食糧，與提示，或激動，慚愧！自己缺少天資與素養，讀到外國學術與文藝的名著，更不願東塗西抹了。

去年回國以後，百務縈心，更添上許多不痛快的感動。夏間忽得胃病，在海濱休養，那時《文學》的編者傅東華先生連函邀約，一定要我多寫點創作的文字。迫不得已，冒然答應下來，寫一個連載的長篇，其結果是在九十度的暑日與初涼的秋風中完成了《秋實》的上部。

動筆之前太匆忙一點，雖在自己的意念中早有了概略的構圖，但蒐羅材料上卻大感困難。止就上部說：人物與事實十之六七不是出於杜撰——如果是在我家鄉中的

自序

人，又與我熟悉，他準會按書上的人物指出某某。但難處也在此。今日的小說不能純靠事實，如左拉的著作那麼確實，與他細心觀察的事物絲毫不走樣子。但十九世紀的自然主義者至多也不過對事物不走原樣而已，究竟還得加以文字變化的組織。我常想：在現代寫小說只是剪影罷了；而且只是剪的側面黑影，至於由這非全面的影子擴展，變化，推及其言語，動作；推及其與他人，與大社會的種種關係；更往深處講，由這側影能透視其心理與個性，因之造成自己與社會的悲劇或喜劇；更由這偶然或必然造成的事件（戲劇）上顯露出社會的真態——不，應分說是「動態」，這絕非舊日的自然主義或純客觀的寫實主義者的手法能表達得出。重要點還得看作者的才能與其素養。不錯，這個長篇中的人物與事實固然有其八九，但那一分（就說是一分罷）已經很夠下筆的了！初時我覺得容易，因為有現成的人物與事實，稍加渲染，不是「事半而功倍」麼？那知既寫以後便逐步感到棘手，被限制於人與事，縱然作者可有自由變動的筆底下的權力，但與完全想像或杜撰的題材不同。何況是時間久了，我當時由直接間接獲得的印象，事實，早已劃成片段，要補綴一件整齊衣服，自然處處都顯出針線的痕跡。我又不想把這書中的人物過分的典型化了，時時要表現出幾個主角的特殊個性——原是屬於他們自己的，不完全由於筆下隨意刻劃，因此，下筆時大不似預想的容易。

段落，字數上倒還能略如所計，雖然總名是《秋實》，原想分兩頭——分上下部寫。上半部盡力描寫幾個人物的「春花」，他們的天真，他們由各個性格而得到的感受，激動，與家庭社會的影響。在那個啟蒙運動的時代，（由五四後到民國十二、十三年）他們扎住了各人的腳根。像這樣寫，自然有許多地方是吃力不討好，人物多了容易有模糊籠統之處——本來那個時代的青年易於描寫成幾個定型。再則，他們活動的範圍有限，學校家庭，與社會的一角，寫來寫去，能不惹人煩厭已經費心思不少。可是，反過來說，沒有前半部便從橫斷面寫起，固然有奇峰橫出，飛瀑斷落的興味，不過我還是有我的笨想法∴造成一個人生的悲劇或喜劇，不能純著眼於客觀的事實——即環境的一般的變化，而也有各個人物之主觀的心意而來的變化。這問題雖似簡單，卻很複雜，同屬於一個階層，而他們的發展絕不會事同一例。遠追上去，大環境中還有小環境的複雜關係，而遺傳與家庭的教養我們又焉能輕視。寫小說欲求其真，不是只靠著極普通的幾份角色的面型便以為能盡描寫之能事。這裡便是經驗的關鍵。有意識，有豐富的想像力，如果沒有點經驗上的根據，那不成為公式主義的復現，便是空想而無當於事實。「恰如其分」正似寫好字的書家一樣，一點，一勾，都

自序

現神采；一整，一斜，都能調諧。有什麼標準與規矩？這真是一個最難解答的疑問。不管有多少小說講義與小說法程一類的書籍，終難把這一點「巧力」給予作者。

也因此，這個上半部的《春花》我著眼於上述的情形，寫完後再看一遍，不免過分注重於個性的發展，作他們未來活動的根基，太著重這一層，便覺得有些地方是硬湊，是多餘了。

我的計畫想在下部實寫他們的秋天。的確，他們現在也如作者一樣是在清冷嚴肅的秋之節候裡了。真正沒了春日的燦爛，與一股勁地向上發揚；不管是趨向於那方面，那時，這部書中的幾個主角都是具一股勁的。如今連豐縟的夏日也不相似。時間哪曾曲饒過一次的人生！在這露寒，木落，已經熟成的現在，他們也真的已具有定型了。雖然各個角色在這十數年中扮演的種種戲劇，彼此不同，但漂泊在飛濤中的孤舟，各達到邊岸；有的或者是沉落下去，因為各人張帆，撐篙的本領不一樣，而停泊的邊岸也不在一處。秋雁驚鳴，風凄露冷，他們對於這氣候的變幻與自己的奔波，何能不自然了！同時他們在春末時季的出發並非只由於一時的高興，而各有其客觀的條件。藉了他們的行程，與奮鬥，掙扎，沉溺，更可顯露出這個時代中社會變動的由來：是——社會生活決定了人生，但從小處講也是——個人的性格造成了他與社會生活的悲劇與喜劇。

空泛地把任何人的變化歸功或歸罪於普遍的社會變動，怕不是一個精細觀察者所應當取的態度。

總名原用「秋實」二字，意即在此，我作此書的意義也在此，沒有什麼更遠大的企圖。

下部便不像上部的單純了，生活與思想上的分道而馳，結成了各人的果實。同時也可見出他們接觸到社會的多方面：政治的，軍事的，教育的，各種社會活動在那個大時代中特具的姿態。

蒐集材料，為下部我確費過不少的心思。曾用筆記錄過他們生活上的小節，與時間上的遇合；曾問詢過他們的朋友與同調的人物。既然分道而去，與上半部都還是不甚相差的學生生活便隔得遠了。

因為我想把這幾個主角使之平均發展，力矯偏重一二人的習慣寫法，怕易於失敗。分開看似可各成一段故事，但組織起來，要在不同的生活途徑上顯示出有大同處的那個時代的社會動態，縱然對於動態的原因，結果不能十分刻露出來，可是我想藉這幾個人物多少提示一點。

自序

所及的範圍過大，易於「顧此失彼」，這是在下筆之始便已覺察得出的。

《文學》登過上部後，因太長了，我決意停止續登下部，也因此便將未完之作擱置下去。現在良友公司願全部付印，先將上部取去，分兩冊出版，正好將春花秋實四字分用。

我曾顧及分冊出版的辦法是否相宜，好在上下部各有小起落，雖非完作，尚可約覽。略述如上，讀者或易明了。

二十五，十一，廿八。

一

堅石剛剛走出那個破瓦的門樓，右腳若踏空似地從青苔石階上挪下來。恰巧橫面躥過來一輛華麗的汽車，把方塊石砌成的街道上的泥水激起多高，他的愛國布長衫上也灑上一些汙點。

他並不低頭看看，也沒曾注意那輛汽車中坐的是什麼人物，踏在稀薄的泥濘上黯然地向前走。

若是在兩個月以前，他對於這新式的怪物在這麼狹小汙亂的城市的巷子中橫衝直撞，至少他得暗暗地咒罵幾句；至少那不調和的感想惹起他滿腔的厭惡……但是現在在八月的毒熱的陽光之下，他走著，黯然地如同一個失群的孤雁，心情淡得如一碗澄清的冷水，一切事都不在意。街市中鬧嚷嚷的人語，人力車伕爭著拉座，鐵錘在大鐵砧上迸打著火紅的鐵塊，小學生夾在行人中間擠弄著鼻眼，大木架上顏料店高掛起深藍淺藍色的布匹……這些事是他從前熟悉的，而且是能夠引起他的社會研究興趣的，現在一片模糊了！——一片似在鉛色雲層中罩著的人物與街市中的嘈音，都不能引起他的感官的注意力。

他毫無興味，也失去了青年人對一切不滿的詛咒的熱心。生活對於他是一個不解的啞謎，他不再想費心力與精神去揭開這個謎底了！因為他是希望從冥漠中找到一枝淡光的白燭，可是他也並不想那枝找來的白燭能引導他，與他的朋友們，藉著微弱的光亮走上大道。他明白，即使找到了，怕連自己的道路也照不出來——他只求著那麼小而黯淡的燭光能夠照到自己的影子！

是啊，他真的十分疲倦了；疲倦了他的身體也疲倦了他的靈魂，一點點激動的力氣都沒了。不是不敢想，原來是不能想「人生」這兩個字的意義。

從這兩個月以來，他才恍然於自己是多麼糊塗，多麼莽撞，世事的糾紛——僅僅想用他那雙柔弱的手是沒有解開糾紛的希望的。於是他由熱烈的爭鬥的石梯上一步步地走到柔軟的平地。雖然地面上滿是汙穢的垃圾，泥，土，但他情願在那些東西上暫時立住——並且他還要一步步地從地面上下降到冰冷幽沉的峽谷。

不過他仍然想在那個峽谷的一端，他或者能夠看到另一種顏色的天光——希望沒曾完全從他的心中消滅！然而他再不敢在目前的現實生活中去窺測，探索，與希求什麼了。

二

沿著土石散落的南城牆的牆根走。正是熱天的午後，霉溼的土著了大雨後散發著潤溼的新生的氣息。小棗樹，細碎的白花在那麼矮的檐頭上輕輕搖擺。城牆圮落下來的斜坡上有一層層的茅草與方生著柔刺的荊棘。三兩隻褪毛的大狗在人家的門口昏睡。這末清靜與安閒的小街道連賣炸麻花，糖燒餅的小販都歇午覺去了。幾乎是沒遇到一個行人，當堅石轉過了南北街，靠城牆走，想著出南門去的時候。

到南城門的附近，瞥見有十幾個短衣服的人正在圍著城門洞中黑磚牆上的什麼東西。那是常常貼殺人告示的地方，滑順的公事式的字體上用紅標過，總有些「某某，搶掠……勒贖，供認不諱」那類的例行話，後面就是「著即正法以儆傚尤」的人名……年紀，籍貫，一氣寫下去。那是正法後的「俾眾周知」的公事。他每次從城門口出入，常常看到新的告示。也常常有一些觀眾，不是稀奇的事。

這回他見到那群人用粗毛手巾擦著汗，爭上前去看那些罪惡的宣揚。他卻加緊了自己的腳步，如同那城門洞中有藏住的魔鬼怕附了身上去，趕快穿過去。

他很謹慎地連那些圍觀告示的人們的衣角也不曾觸著。

輕輕地但是迅速地，他踏著新泥在安靜的大街與挑水的胡同中走。末後他立在一個小巷西端的門口。顯然的容易辨認，這門口的檐下有兩棵孤寂的水花，雖然那紫穗般的花頭還沒開放，淺綠的嫩萼中卻隱隱地包著淡色的紅暈。

他站住，深深地喘一口氣，從頭上將粗麥辮做的草帽摘下，在左手中微微動。像是尋思也像是休息，過了幾分鐘，他終於走進門去，但又退回一步，向來路的巷口上看看，剛剛有個挑西瓜擔子的鄉下人走過去。

三

「你以為這樣便從此心安了嗎？」

「二叔……經過了兩個月的深思，不是空想，我讀過些初步的書，也曾與那位悲菩女士著實談過幾回……心安，我不敢說，也想不到，我只求不再想什麼什麼了！想，如同毒菌散布在我的周身的血管裡，甚至就連神經細胞也侵占了似的。不敢說是苦痛，這個我知道比起真正的苦痛的嘗試算什麼！然而，二叔，你明白我吧？一句話：我承受不了，說是失了勇氣我還不信！——難道就這樣割斷一切，我頓頓腳走了，不是也需要一點真正的勇氣嗎？」

「都說我是有點神經病，也有給我另一個批評的，是『受不了刺激！』不，至少我不這樣想。求解脫，我是不懂。自己知道夠不上這末偉大的自誇，不是，我只願得到這一點點，從真實中休息了我的心。再像那樣幹下去瘋狂是可能的結果。人家都各自去找人家的人生之路，我呢！我毫不疑惑，這便是我的路……」

三

這過午的大熱天中的來客坐在籐椅上從容地申訴他要出走的見解。汗珠從額上順著他的瘦瘦的下陷的顴骨滴下來。

這間小小客室的主人用細蒲編成的團扇盡著在白夏布小衫的鈕子上拂拭著，很注意地傾聽客人的言語。但同時他被這位與自己年紀相仿的青年的議論搖動了自己的平靜的心思。

主人聽到這裡，將蒲扇丟在小方桌的黑色漆布上面，把原來拿著扇子的右手握成拳頭，重重地在桌子上了一下。似乎要發一套大議論，可是即時他皺了皺眉頭。

「好！你有你的理想，你先說——」

那叫堅石的客人恭敬地側坐在主人的對面，連有汗泥的長衫並沒脫下來，把兩隻發汗的手交互握著。

「二叔，說什麼理想，這名詞太侈華了！許多人一提到這兩個字，便覺得其中藏著不少的寶物，可以找出來變賣，太聰明了，也太會取巧！我到現在再不敢藉這個名詞欺騙自己了！不錯，這兩年以來，就是為了它把我的精神擾成了一團亂絲，什麼事我沒幹過！真的，什麼『慚愧』我說不上……這不止我自己說不上吧？時代的啟蒙運動天天使青年人喝著苦的，甜的，辛辣與熱烈的酒，誰只要有一份青年的心腸，誰不興奮！這兩年，就在這原是死板板的省城裡也激起許多的變動。一般人做官，喫茶，下圍棋，讀老書，還有做買賣，做苦工，看小孩子，自然這運動還搖撼不了那些人，但是，有血有肉的青年人那個不曾被這新運動打起來？我，示威，遊行，罷課，學生會的職員；演新劇，下鄉查×貨，發傳單，與警察打架，照例的那些按著次序，又是各處一例的學生的新辦法，都加入過，而且還做了這兒青年運動中的主要份子……黎明學會的組織與討論……啊，啊我，在其中費過了多少心思，連失眠，吐血甚至一天不吃飯的事不是沒有！二叔……」

他本來不想急切地說出他這兩年來在興奮生活中所感受的苦痛，因為不容易有這末好的機會，激動心情的火焰還不容易完全在這個青年的胸中消滅。他的房分不遠的叔叔，暑假中從北京回來，與他是第二次的見面，他決定要從頭講起，好使他的叔叔根本明了他要出走的心思。

他的叔叔知道他的脾氣，便不肯打斷他的申訴的長談，慢慢吸著了一枝香菸靜聽著。

「可是現在呢？我什麼都沒有了！誰欺負我，誰奪去了我的時代的信念？不！你曉得我這點倔強，雖然是鄉村中的孩子，骨氣呢，咱們總能自傲。那些官吏，政客們

三

的把戲，我經過學校外的生活的顛倒算多少明白一點……」

主人忍不住微笑了：「你只是明白一點點吧？」

「因此我才覺得社會的毒惡。青年人都是傻幹，人家卻在他們中間用種種的計策。本來自己就不會有團結，學說，思想，你有一套，我也有所本，他呢，又有別緻的信仰。起初是議論不同，日子久了簡直分成派別……」

堅石的態度這時頗見激昂了，他立起來重複坐下，黃黃的腮頰上染上了因感情緊張的紅潤。但是主人卻冷靜地在留心他的神情。

「你以為青年人分成派別便覺得悲觀嗎？」他再問一句。

「……是……也不全然如此，令人想不出所以然來！」堅石對於這個問題覺得確難用簡單的話答覆。

「所以然？這不是想到哲學上的究竟觀了！哈哈……」堅石的叔叔想用滑稽的語調略略解釋堅石的煩悶。

「像我，想不到把人間的是非判別的十分清楚，我沒有那麼大的野心。不過我們那樣熱烈的學生運動經過挫折，分化，經過人家的指揮與一家人的爭執，不是一場空花？也許不是？但我卻受不了這些激刺，與當前的落漠……再說回來，我更辦不到像兩年前沒經過這一段生活的我，安心去讀功課書，求分數，盲目地混到畢業，拋棄了去找新意義的生活……」

「怎麼樣？你也有這個決心？」

「決心是有了，我一進門的那句話：兩個月來再三地作自己的決定，如果不走這一途，我怎麼活下去！我能夠怎麼樣？」

「不是容易的事，如果你真是經過詳細的考慮，要那麼辦，自然這是一個人的自由……不過……」

主人的話說得很遲緩卻很鄭重，表明這幾句話的分量。

堅石用微顫的手指抹一抹額上的汗珠，將疏疏的眉毛緊緊聚攏來，兩隻手握得更加有力了。

「決定！決定！二叔，你不必過慮！你在現時中再沒有出路——自殺，我不，那是卑怯的行為。我同意杜威夫人的話：如果要自殺，還是打死幾個人。我無此勇氣，下不了那份犧牲的硬心腸，我只有走這條路……」

他站起來，臉上越發紅了，像是還有些待說的話一時說不出來。

兩個人都靜默了。一隻蠅子在玻璃窗上哼哼地亂撞。香菸的青圈在空中散開。窗外一盆盛開的白蓮，日光下那些花瓣也現出焦灼的樣子。

「今天我來辭行！」究竟還是他先打破了這一小會的沉寂；「並且我得求二叔的助力，因為盤費還差二十元。想能原諒我，給我設法，除了二叔，除了那位悲菩女士什麼人我沒告訴過……」

主人深深地吸一口氣，不即回答。

「這不行嗎？二叔，不會有一般世俗的見解吧？」他又來一句反激的話。

「世俗的見解未必都是差錯……你特地將要出家的決心對我說，自然你信得過我，無論如何，我不露布你的消息。你想：如果鐵堅他知道你要往空山中去剃度，你母親，你的妻必然全來了。可是你若不對我說，我也是在悶葫蘆裡，我尊重你的自由的決定，放心，日後總不至由我的口中透露出你的行蹤！反過來說：你也細想一想，這不是隨便玩的事，此外你真不能走別的路嗎？錢在平時我能夠為你辦，那怕數目再多點，這一次除了說『不行』之外，我沒有更妥當的回答。」

想不到的拒絕使堅石惘然了！

「為什麼？」

「也許你會笑我是一個思想上的中庸者，我有我的見地，你決定走那條路我不阻止——自然也不必阻止，一個人如真有決心能拋開一切，去為他的思想找出路，只要經過自己的確實的衡量，別人有什麼權利去反對？至於意見卻儘管不是一致。你信託我，把心中的祕密向我告訴，我不能使你家中的人曉得，可是我若幫助你路費為的是你拋開了一切剃度去，社會的責任不用提……你有老年辛苦的母親，結婚不久的妻，我良心上覺得我不應幫助你任何的力量，使你遁入空門！這是我的界限；我不給你露一點消息，也不幫助你遠走的路費，你縱使說我是一個世俗的中庸者，我卻覺得心安！」

堅石即時恍然了，他平靜地坐下，頗為高興，兩隻緊握的手也撒開了。他點點頭道：

「好。我完全明白，二叔，自有你的識見，我只就自身著想，你是局外者，還想到別的……」

他眼角上稍稍暈溼了，一陣慘淡的忍受使得他用上牙將下唇咬住到這時，他才故意抬起頭來把眼光移到北牆上一副隸書的對聯上去，那對聯的一下句是「不能古雅不幽靈。」橫寬，肥腳的，一個個胖子側臥式的字體，一畫，一撇，對著這過午的來客彷彿暗笑。

三

他們談話的結果終於如主人的意見作了收束。及至堅石臨出門之前，這屋子的主人又鄭重地問他：

「堅石，你可知道這是件很嚴重的事！不要隨便被興致迷惑了自己；一時的興致往往不容易持久，千萬想到『著了袈裟事更多』的句子！再回頭呢……」

「不！」堅石淡淡地回答：「行所無事最好，不經過自己的交戰我是不能向這等消極的路上走的——可是也不能說是消極吧？」

在大門外的水花旁，他與屋主人告別了。一個瘦者的身影在巷外消失了，屋主人呆呆地站在那裡對著斜陽出神。

四

湖邊，正是蘆葦最盛的時季。夜遊船的船伕在堤岸上爭著拉買賣，賣西瓜片，冰汽水的小販也集在碼頭上亂叫著招呼顧主。一絲風都沒有，因為前天落了一場暴雨，石堤上盡是軟泥。遊人無多，月亮在雲罅裡時而閃出暈黃的微光，幾星燈火在水面上蕩漾。間或斷斷續續有遠處的笛韻從暗裡飛來，那麼淒婉與那麼輕柔，恰好與雨後湖上的夜景調和。

北極臺下的淺水邊，青蛙爭鳴，雖然有船影衝過來，那聒聒地令人心煩的聲音卻愈鳴愈高。亂草中蚊聲成陣，偶然從草根下閃出一兩點的螢光……這裡是很僻靜的地方。那古老的臺子高高地矗立在城牆的前面，像是一個巨人，白天，夜裡，守著這一碗臭濁的湖水。在傳說的水上掠過才子們的吟句，葬埋了一些女子的柔情，或是砲彈，火把。住家人家的髒水，與多感的旅客們的眼淚，究竟因為是名勝，還不少的人到湖水上面找「夢」。自然是煩膩，牢騷，卑鄙，狂傲，什麼夢都有，堅石也是來找

四

「夢」的一個。

他為什麼偏在這雨後的晚間來？單為得清靜點。他在這些日子裡偏向不容易與人見面的地方去。住在學校裡面，功課早已丟開了，以前得到處尋找借閱的那些新出版物，曾經有魔力似地誘動他忘了眠，食，熱心閱讀，現在他連看也不看。同學們有人談談文藝與什麼主義的話，他便靜靜地走開。有人問他，他輕易沒有回答。熟朋友當面譏諷他，拿什麼「冷血」一類可以使每個青年人受不了的激刺話擲到他臉上，他用淡然的微笑答覆他們，向不爭辯。真的，他原來是那麼熱烈的學生領袖，變了，變得如同一個入定的和尚。人家送他一個渾號叫做「石頭人」，他並沒有任何的抗議。

自從過午與他的族叔談話之後，不知在哪裡好歹吃過晚飯，便雇了一隻小船泛到這沒人來的臺下。

一個人，他孤另另地上了岸，在臺子下面的石階上坐下。仰頭望著黑暗的空間。不斷的蛙聲沒曾引起他的注意，他在靜中回憶著種種的事。

雖說是自己新學會得另一樣的靜心的方法，其實那是在經過強制的心意的熬練，由制使而麻木，由麻木而安定，不是容易一下便把活潑熱烈的一個青年如奇蹟般地完全變了。他只是想從匆遽中，從苦惱中，找到那種超出世俗的慰安與清涼的解脫，便不顧及未來是到底怎麼樣，下了決心——決心去逃開他認為是苦悶的人生，往另一個超絕的境界走去。

在周圍的黑暗之中，他想著明天一個人要偷偷地離開這個大城了。以後與從幼年相處的家中人，與在這邊的朋友們完全隔絕，就是這片滿生著蘆葦的大湖，彎拱的石橋，以及平時愛去遊逛的那些泉子，都得告別了……說不出是悲哀還是悵惘，坐在石階上面理不清自己的思緒。既然再三決定了的事，到現在還能反悔？那是笑談。緊壓住心，無論如何，不在嚮往回頭路上想，虛空的游思把他的記憶引到那些彷彿神奇的故事上：頭一件便是佛陀，一國的王子既然能捨卻了宮廷，權位，榮華與女人，自己為什麼不能呢？自己又是如何的渺小！還有在故鄉的山間常常遇到那些給人家作法事的僧人，由四五歲就舍到寺裡去，什麼苦不曾吃過，後來他們不也是悠然自得嗎？一定，他們並不深懂佛法，不過是牢記著幾套經文，咒語，比起自己來差得多多。難道由人生的艱難的途上退下來，真正有所為而為的出家，法味的享受，不也是很有趣味的事？放下吧，把一切都完全放下來！何苦盡把自己的靈性為種種的好名詞迷惑住，何況不如意的人間又汙濁，又紛亂，自己實在打不開，除……之外的另一條道路。然而……

四

他竭力從這一方面去設想，竭力抑住那一顆沸騰的心不使它追憶什麼，但把不住的念頭轉回去，他的家庭與幼年時的種種事湊上來如一條火熱的鞭子從虛空中打下。

斑白了頭髮的母親做夢不能想到這個孩子會從學校跑到遠遠的僧寺裡去。她與小妹妹們一定在院子中計算著日子盼自己回故鄉去……大哥在鄉間教書，辦理著困難的家計，每當自己回家總是試探著述說一些過去的家中瑣事，最痛心的是讀書人的父親為了土地交易在某一年的冬天往親戚家借錢，在路上病倒因而致死的慘狀……大哥這樣反覆著說那椿難忘的事情。大哥自十多歲便經歷著困苦生活的學生，以後在社會上幹過事，現在在鄉中混著，雖然不是一個母親生的，然而待自己毫沒有一些歧異，這次走後把所有的責任全給他擔上，他會不怨恨這個為潮流激盪下來的怪僻的弟弟嗎！

妻……他想到這個有趣的字，自己在暗中輕輕地笑了。婚姻更是一件滑稽的趣劇。她是一個完全的農家姑娘，像這些事儘管對她說是不能明白的。她只知道有一顆樸實的心，一份真誠的忍耐罷了。以後與母親怎麼能長久合得來？她的生活又待怎樣？

眼前現出一個健壯的少婦的身影，她只會高興地痴笑，與受了冤屈時的擦眼淚。那紅紅的臉膛上永遠是蘊含著農家女兒的青春的豐盛。日後，那難以安排的她的未來……

堅石不自主地把在這湖畔沉思的範圍擴充到自己的家庭上去。他愈想盡力推開卻愈淩亂無次地亂想。末後他自己又在對自己提出疑問了：

「是不是我已經投身在這個新的潮流之中，那些家庭的殘餘的觀念為什麼還老是在思想中作祟？恩情，眷戀，孝，弟，是不是一串毀滅一個『新人』的鐵索？我應該有自己的選擇，自己的決定，從舊制度的繩索中脫身出來。為什麼我還去顧念那些骸骨呢……

「但是一個『新人』向宗教的領域中求解脫，怕也是骸骨迷戀的一件？如果不去呢，有更好的方法嗎？老佟的激烈派，巽甫的高調，身木卻主張國民革命，好歹他們各有一點冥漠中的信仰，自己呢？全用憐憫的眼光看別的青年，他們甚至對自己嗤笑了。能力在哪裡？見地在哪裡？罵那些政客，盲目的教員，沒有心肝的奸商，這就算一個『新人』成功的訣竅？是呀？『你得拿出你的主張來，』對於國家，對於社會。也就是對於你自己。究竟你的人生觀，你的政治上的主張在哪裡？時代是這末迫切地需要每個青年得確有所見，還得即知即行，不是徒然地空想的時代呀！從幾年前掀起了這股新潮流由北京衝到全國的都市中，不會有一個受過這個潮流洗禮的青年而無所主張的！」

他驟然想到這些事，感到異常的煩苦！自己曾在各種主義的政治書中迷失了自己

四

的道路。他不是沒有一點評判力，為書籍的文句將自己眩惑的青年，但也不相信一個沒有經驗，學識的學生可以獨獨標揭出那種主張是完善的，一無缺欠的，可以通行無阻的。他很精細，也很慎重，因為他太看重了一切，而又少一點審別與堅持的力量。越是別人堅決主張的事，自己越容易生疑。起初他在朋友們共同發起的學會中曾經熱烈地討論，辯難，曾經作過讀書報告，與解答中國的將來要走向那一條路。但後來他一切放下了，失望與迷惑損壞了他的勇敢的信心，不止是對於政治上的主張認為是一灣汙水，愈攪愈臭，即對於新文學，婦女解放，抵制×貨，那些每個青年高興得時時掛在嘴上的新名詞也懶得說了。

精神上受過突然的激刺，澆熄了他胸中蓬勃奮發的熱情，簡直如同在酷熱的夏日忽地落到冰窖中去。往前走，腳底下沒了氣力；再回覆這新運動以前自己的平靜狀態也辦不到。

他已與別的朋友離了群。他的思想忽而積極，忽而消沉。聽見北平一位有名教授的老年的父親自殺了，便趕快化了兩元錢去買他的遺書看。知道俄國有位墜樓自殺的文人迦爾詢，他便到處借雜誌，書報去讀他的作品。但無論如何都不合他的脾胃。為什麼自殺呢？弱者的自棄；他雖然同情他們，自己又不能傚法。

突然的連合，從看海潮音上的幾篇論文，以及被人介紹與那位五十多歲的在家尼姑談過兩回，他在找不到出路的生活中竟得有一線曙光。雖然朋友們都共同熱烈地反對一切的宗教，自己卻稍稍嘗到宗教的「法味」——在精神困惱中的一劑清散藥。

在這半小時以內，他幾乎把兩個月來的心理的矛盾完全重演一遍。本來想趁著黑的黃昏後到這遊船輕易不來的冷靜地方，自己作一回憧憬中的尋思。他不是一個真能捨卻一切的青年人，即使對於這久住的地方的一顆樹木，一塊石頭，有時還免不了眷念，低回，所以在暫時的沉寂中，他心上的石塊又重複震盪起來。

然而他又是一個面皮太薄的學生，已經決定要去辦的事，不要說已經與那位深通佛法的過來人——悲菩女士訴說了自己的志願：又問他那位族叔曾要求過出走的路費。即使沒有別人知道，如果不咬定牙根再在那麼浮泛與毫無著落的潮流中混下去，恐怕真有自殺的可能。他有時也似乎明白逃往虛空是暫時欺騙自己的詭計，可是他沒有工夫對自己的未來再作一次心理的苦鬥了。

他被這些複雜與衝突的心思擾亂了，一陣頭痛，彷彿眼前有一團火星跳動由水畔發出來的雨後積水的臭味十分難聞，幾乎要將胃裡的少許食物全吐出來。他緊緊閉了嘴，用雙手遮住目光，呼吸深急，可是並沒有一滴眼淚從乾澀的眼角流下。

四

五

「一——馬離了——西涼——界，」突然在水畔發出了那樣高亢的西皮調，嗓子是清爽中帶著柔和，尤其是全句的重音著在「涼」字上，曲折下來，重行蕩起，這唱法與喉音一準是義修，他聽見這句戲詞，便下意識地立起來，想著走開，不願同他們這群興致很好的朋友見面。然而他還沒挪動一步，那只小船已經靠岸了。幾個人的說笑聲聽得很清楚，還有一支電筒一閃一滅地向湖心與臺上照著。

「橫豎他們要下來，這裡除卻坐船也沒有路回去，走不及被他們照見又說什麼？就是吧，這麼巧，該當在我遠走的前日同他們聚會一次。」

堅石轉了念頭卻反而喊了一聲：

「巧透！你們猜，我也在這裡——一個人？」末後三個字的聲音似乎噤下去，新來的遊客們並沒曾完全聽清。

「誰？」有一個人發問。

五

堅石並沒答覆。下船的另一個的笑聲：

「真有巧事！我們今兒晚上可把我們的『佛學家』找到了。」

「哈哈……哈哈……」接著一陣雜亂的笑聲。

因為他們一提到我們的「佛學家」都明白在石階上的人是誰了。

一團巨大的電光即時映到階石上，堅石立在那裡一動不動，宛如一個石雕的神像。

「還是巽甫的耳朵真靈。」

「不，這是佛爺的保佑，難得有此仙緣！來，來——來咱這裡望空一拜了。」說這麼俏皮話的是剛才高唱戲詞的，在同人中曾出過文學風頭的義修，他是個風采俊發的中學高材生，紅紅的腮頰，身個不高，有一對靈活的眼睛，會拉胡琴，會唱幾段舊戲。凡是在學生界有遊藝會的一類事總得他作戲劇組主任。他的交際最廣，女學生，凡是稍稍有點名頭的女學生他很容易認識。

他們不顧岸上的泥濘亂嚷著向臺階上跳來。堅石在空中揚起了右手若作表示，為是不再說話。

巽甫抓著一個手巾包搶上去，用自己空著的左手也高高地抬起，握住這立像的右手。電光下先上來的是三個，還有走在後面的那一位。

「真是詩人，還是佛門詩人！獨個兒在北極臺前的石階上參禪，做詩，新鮮啊！還是雨後的黃昏！」

年紀最小而平日最好與堅石抗辯的小弟弟身木，披散著一頭的黑髮，搖搖頭，這麼說。

「你——小孩子，懂得什麼？你以佛門弟子會同踢足球玩童子軍木棍的孩子講理？我還差不多。」巽甫的左手把舉在空中的堅石的右手牽落下來。

「還開玩笑，既然碰到了說句話吧。」

堅石無氣力地向他們說出這一句話，接著在後面手提著白夏布長衫的戲劇家慢慢地走上來。

「了不得！我們來是命運的支配，不是？『佛學家』要待一會投水自盡，應該叫大家來監護他。」

這倒不是玩笑話，巽甫與身木還有在後頭那位不好說話的金剛都被戲劇家的話提醒了。本來他們都是這個城中學生界的領導者，又共同組織了一個學會，差不多天天見面。堅石近來的言語，行動，早已引起了他們的猜疑。因為他雖然事事熱心過，可

五

是也最容易被刺激。這些日子在學會中早沒有了他的影子，他在宿舍裡偷空看《大乘起信論》與帶註解的《金剛經》，已成為他們同人中皆知的祕密。於是各人對於這個性格奇異的堅石有種種猜測。恰好在這末幽靜的地方遇到，於是戲劇家的聰明話便打動了大家的尋思。

身木還是十七歲的孩子，他與堅石是遠房的兄弟。雖然他每每好同他這樣呆呆的哥哥大開辯論，這時他首先跳過來，用兩隻有力的手按住堅石的雙肩說：

「你再要怪氣可不成！連性命都不管。我看你，哥，快回家去，不必讀書了。幸而大家來碰的巧，要是明天湖上漂起你的……」這熱誠的年輕孩子他為急遽的感情衝動，說話有點嗚咽了。

「身木你以為我會死？」

堅石的呼吸。有點費力，還是用上門牙咬住下唇。

巽甫把深沉的眼光在電光下向堅石蒼白的臉上轉了一圈。

「你——義修的猜測，我就不敢替你這怪人做保證。如果是那麼想，太傻了，太傻了！為的什麼？」

巽甫是個心思最周密性格最堅定的工業專門的學生，他的年紀比二十歲的堅石還大兩歲，學級也最高。因為天天習算學，弄科學的定理，無形中使他特別具有分析的能力。對一切事不輕易主張。可是也不輕易更改。說話能負責任，尤其是有強健的意志力。

然而在這一晚上看著堅石的態度他也有點相信這可憐的青年是要投入絕路了。義修在堅石的背後，用指尖抹抹自己的肩頭，低念道：「苟余心之所善兮，雖九死其猶未悔！堅石，堅石，你如果向死路上打計畫——也未必全然不對呀……」

原來手拿著電筒的那一位，只在石塊上立住，照著他們說話，沒曾參加。這時他聽了義修念的詩句，便冷冷道地：

「看你們糊塗到什麼時候，有想死的，還有讚嘆的，哼！好一些自命不凡的青年，都像你們，還說什麼『新運動』，說什麼『中國的復興』！」

他的聲音沙沙地卻如鐵條的迸動，十分有力。

「忘了你。金剛，你的話特別有力量。向來二哥同你辯不來。忘了你，應該早勸勸他！」

身木還是用一隻手按住堅石的肩頭，生怕他跑走了一般。

「時代的沒落！」被身木叫做金剛的他，一手叉住腰，白嗶嘰的學生服映著他的黧

五

黑的面目，在微光下現出剛毅不屈的神色。

他再喊一句「時代的沒落……」卻急切裡說不出下文來。

「好好，好一個『時代的沒落！』就是這五個字已給你費解，是人在時代中沒落了，還是時代自然地沒落？譬如堅石，是他自己沒落，還是時代沒落了他？」

義修老是好發這樣議論，而金剛卻冷笑了。

「你們就是吃了能咬文嚼字的虧！堅石也是一個。不過他太認真，還不像你的『飄飄然』罷了——一準得有沒落的，一準！」

他不善於說理，只能提出大意來。

到這時堅石方能從容地同大家說話。

「謝謝你們的好意！誰也不必替我耽心，我沒有那麼傻……不是？我實在缺少那股勇氣。義修讚美氣，對！老金要『扎硬寨，打死杖』掙扎著作一個健強的青年，對！——更對！我死不了，我就是死也被你們救了。還說什麼。我，任便你們批評，沒得置辯。我現在無論對誰不會同人打口架，幹嘛？人家的未必不對，自己的有什麼把握便以為是真理？日後……我想從另一個環境中找尋『真理』去。」

身木把按在堅石肩上的手放下來，手指捻住自己的額髮。

「怎麼一回事?噯!你們這一套真真聽了煩死人。怪，我就什麼不理會，讀書，踢球，與軍警衝突，咱就來一套全武行。多樂!老是哼哼唧唧，人生，道德，又加上什麼哲學，什麼戀愛，不怕把腦子衝亂了，有什麼味!」

「哼!」又是金剛的不平的發洩。

身木彎著身子向金剛立處探了一探，即時縮回來，伸伸舌頭道:「哥，快下船回去吧，別再惹二花臉生氣了。」

「本來，這是什麼時候?像在這個地方開會，又死又活地。叫船家聽了去不得大驚小怪?上船，上船回去，那怕今兒晚上不睡覺談到天亮。」

巽甫首先提議，身木在後邊擁著堅石重行回到船上。

暗中竹篙點著湖水，這隻小筏子便鑽進葦叢中去。

沉靜中唯有星星在空中散著灼灼的光芒。偶然有三兩隻飛鳥從蘆葦上掠過去。那些長垂的綠葉，發放出一種特殊的含有澀味的香氣。荷葉在水面上不容易看得出，獨有夜間把花瓣閉攏起來的荷花亭亭地在水上顯出淡白色的箭頭。一股霉溼氣從四處蒸發著，混合著夏夜的輕露，他們坐在船上都聞得出這種味道。

一壺清茶已經冷了，身木不管一切地端起壺把順著嘴子向自己的口裡倒下去。

五

「這孩子……」巽甫的話。

「你們都以為是大人了，老成，懂得這個，那個，我不服氣！還不如我齊思叔誇讚我是『天真爛漫』哩！」

「噢！齊思，他方從北京回來不久，你該見過他來？」義修問堅石。

「見過。」

「他該對於你的態度有所批評吧？你們又是叔。」

「有什麼，你知道我這個牛性的人，我執著的很利害，他又能說什麼！」堅石答覆的很含糊。

「難道他就贊成你這麼不三，不四，而且——不要生氣，而且有點顛倒的樣子？」巽甫也在問。

「我述說我自己，不贊成也沒辦法。他倒還尊重我的自由。」

「什麼自由？」

「不，」身木搶著講：「若是我，準得狠狠地數說上你一頓，為什麼年輕輕地終天哭喪著，東想，西想，好，我明天也去問問二叔的意見。」

「好啊，你們倒是一個家族中的人，叔叔，哥哥會在一處了。『家族』，你們還很信服這等魔術呀！」義修又唱起高調來。

「無聊！與一家人談談就是講家族主義？為什麼你還聽你父親的命令回縣中去娶個鄉下女人？——別嘴上說得太快活了。都是在這個過渡時代胡混的一樣人，少說些不負責任的話吧。」

巽甫敢用強制的口氣責備義修，義修反而默然了。因為講到婚姻，他另有所想。同時兩只腳一來一回盡著向溼漉漉的船板上拖著踏。

「紀念著這一個晚間，你們！」

堅石低低地說出這句話，大家卻沒留心。

小船由密葦中撐出去，漸漸望見湖南岸明亮的燈光。向從來處看，那古舊的高出的建築物已經消失在夜幕之中。

五

六

堅石失蹤後的第三日。

頭一個著急的是身木，他告了假四處尋找，一切朋友的地方都走遍了，甚至城廂的空閒所在，廟宇，山上，附近四鄉的小學校中，然而都不見他的蹤影。

這整個下午，身木在各處亂跑，無目的地搜尋，有什麼用處呢？知道白費，可是壓不住他那份熱心的躍動，彷彿如小說中的奇蹟一般，希望能夠突然在什麼地方碰到，如那一晚上電筒照到北極臺的石階上似的……沿著北園的荷塘岸上走，陽光從西方射過來，反映著他的一頭汗珠。上身的學生服搭在臂上，只穿著一件短袖的汗衫，脊背上溼透了一大片。一雙帆布白鞋弄滿了泥土。他吃過午飯後到現在已經出城去跑了四五個鐘頭。起初沿著鐵道線來回跑，後來便在北關外的小市集與人家的菜圃，葦塘左右尋查。身木在這一群青年中年紀最輕，他有他自己的自信力。對於堅石突然失蹤的事，他總以為他是在什麼地方放棄了厭惡的生命，曾經與巽甫談過。那個工業學生搖頭不信這年輕孩子的主張，因此身木就到處亂跑，希望找到一點點蹤影可以證明自己的猜測。

經過了兩天的努力，他自己也失望了！而且既是著急，又加上天氣酷熱，再這樣下去一定會生病。他覺得十分疲倦了，知道自己的信念不可靠。實在只憑著個人的尋找也未免太傻。然而「他究竟怎麼樣了？」這個疑問得不到解答，自己覺得無論如何對不起學會中的一般人。雖然堅石是早與同人們的精神分化了，可是大家也能原諒他有一顆真誠的心，如今竟然不知去向，生與死也沒個證據，自己與他是同族兄弟，平常又相處得來，如果從此找不到一點消息……

這心熱的孩子想到這些事忍不住用搭在臂上衣袖抹抹眼角。

六

一彎水道與一片稻田，都浮現出一層雨後的新綠。在他左邊，筆直的水道裡雜生著些菱，荇一類的水草，間有幾枝半落的荷花。靠近這片稻田是約有半畝大小的瓜地，當中有一架木棍與茅草搭成的看瓜棚。一個光膊的中年農人正在四面都無遮蔽的棚子下睡覺，赤銅般的胸膛被大蕉扇遮了一半。

靜靜的田間除掉柳枝被風舞動之外，獨有樹上的蟬聲。沒看到一個人影在這段畫圖中的城外小道上行走。

身木被這麼幽靜的風景打動了他的心事：「也許堅石是個托爾斯泰的信仰者？他不是在城市中受了激刺跑回鄉間去了嗎？為什麼沒先寫信去鄉下問問便如沒頭蠅子到處亂撞。也許……」

在他幼稚的發現中立刻高興起來！想趕快跑回城裡，恰好在學會的例會中可以報告自己尋找堅石的努力，以及對於這新發現的進行辦法。

再不管道旁有詩意的風景怎樣使人沉醉，他從水邊的小道轉到進東門去的大路。

就是這一個晚間，他們在學會中起過一次最為劇烈的辯論。

本來這個黎明學會的組織已有過年餘的歷史。自從「五四運動」的呼聲從北京叫起來，全國的青年界馬上都十分熱烈地去作遊行，示威，開會，宣言種種的運動。這個地方距離那古舊的都城僅僅有十二小時的火車路程，所以響應得分外快。頭一件事是學生會的成立，如點著火把到處照耀似地，把終天安安穩穩囚在教室中的青年完全引到了十字街頭。國難的憤激與自我的覺悟合成一股波濤洶湧的潮流，到處泛濫。他們恨不得把全身的精力與整個的時間都用來，給這個新興的運動添上一把火。於是在這個省城中的青年於演新劇，講演，查貨，出刊物的種種活動之外，便組織成這個學會。

六

受了各種新派雜誌的影響，那些活動的，聰明的，富於自覺心的青年學生漸漸注意到思想方面。——一談到思想，免不了哲學見解與政治趨向的聯繫。雖然在那個時候就是一般學識更高點的人們也是隨手抓來的新思想。一個某某的主義與人生觀，簡直使許多求知慾的更年輕的青年到處抓尋暫時的立腳場。他們感覺沒有討論，沒有批評，不能整齊他們的步調。學會的產生便是籍了研究，批判的精神使他們能分外有更堅固的團結，向「新的」路上走。

然而也因成立了這個學會，他們思想上的分野由模糊而漸漸明顯。由於明顯便常常有派別與信仰的爭執。到後來已經發生了他們在組織時沒曾預計到的分裂。

身木也是在這個學會中的一員，不過他究竟年輕，又是好玩的心盛，對於他們的爭論自己覺得好笑。

「為什麼呢？老是中了中國人合不起手來的遺毒。平白地被這些新名詞——民族解放，德謨克來西，社會主義，過激派，自由主義給顛到瘋了。你一堆，我一派，何苦！這不是耗費光陰的玩意？」

他才是中學三年級的學生，只知道年輕人都該努力愛國，打倒敵人，這是他簡單的信念。沒有更深刻的分析能夠把他的思想引進政治上的鬥爭中去。他對於老佟的激烈話，與義修的感傷，堅石的消極態度，都不很了解。然而他那顆誠實熱烈的心卻沒曾受過一點點的點染。不過因為過於天真了還夠不上去了解為什麼年紀稍大的學生們對於政治上的主張那麼起勁。

剛巧他到了那個書報流通處的時候，學會中的重要份子都來了，在後面的西屋裡預備開會。

他因為一下午的疲倦與飢餓，到城裡時先往府學街前面著名的學生飯館去吃了兩碗打滷麵與幾個油炸的漩餅。趁電燈還沒亮，拖著疲痛的兩隻腳往學會的所在地去。

這一晚主席是巽甫當值。他一進去，看見這個薄頭髮，顴骨微高，態度常是鎮靜的工業學生方從長案的一端立起來說話。

身木輕輕地在牆角上找了一個坐位坐下來，一本拍紙簿由別人手裡遞過，他用鉛筆簽了名字。於是靜聽著主席的言論。

照例的話說過之後，接連著他們討論國家主義與社會主義——中國應該走那條路。

在坐的有十幾個，發言最多的卻是那著名的角色老佟與別的主張激烈的學生。義修當著紀錄，每每皺著眉頭向下寫，似乎他也有不少的議論，但為記述他人的話，使

六

他沒有時間宣布他的思想。兩方各有主張。多半是從當時的雜誌報紙中得來的理解。雖然不能有確切的界說與歷史的根據，但是他們的熱情十分蓬勃。青年前進的生氣頓時在這個小會場裡活動起來。

因為分辯的熱烈，幾乎每個會員都站起來說話。有的用手指在空中擺動，拳頭在長案敲響，有的吃吃地幾秒鐘還說不到兩句話，有的把許多名詞連串著倒下來，使別人急切不容易完全了解他的主張。這又有什麼關係呢？每個緊張的臉上一律油光光地映著天花板上下垂的電燈發亮，真像有切己利害的爭執一般，都向辯論的對方滿露出勝利者的進攻。

只有一丈多長六尺寬的小屋子，還是土地，地上許多紙屑。牆角上燃著一盤驅逐蚊子的盤香，煙力很重，加上十幾個人的呼吸，屋子中全是濃重的氣息。

身木原不很明白流行的政治論，他只聽見許多名詞在他們口舌中翻滾，什麼基爾特社會主義，無政府，十月革命，廣義派，不抵抗主義，馬克司，民本主義的精神合作……等等名詞。老佟——那個胖胖的，身軀微矮，有一對銳利眼光，大下頷的角色，每逢他一開口別人都聚精會神地坐著聽。他說話聲音不高，可是每個字都有分量，把主張放在一邊，但論他的言語的魔力確非他人能夠相比的。他又有一種特點，就是不論有什麼重要事件他一點都不慌急。永遠是那張微笑而沉著的面孔，銳利的眼光，彷彿能穿透每個人的心胸。他雖然以學生代表的關係在各處活動，上海學生曾作代表的事都幹過，與一時的人物，政客，都辦過交涉，可從沒曾吃過虧。第一層，他的言語的分量不容易讓對手找到空隙。

這一晚的辯論他說的頂多，而且很能夠看得出理論的鬥爭是他領導的一群占了勝利。連主席的巽甫雖然不肯主張什麼，也彷彿站在這一方面。其他的幾位明明不贊同老佟的絕對地主張，以沒有更好的理論，也沒有事先的團結。義修原來是對政治的議論上沒有什麼堅持，平日與失蹤的堅石很談得來。這晚上在討論會中他十分孤立。

他用鉛筆在記本上塗抹一陣，便偏過頭來看看兀坐著不發一言的小同學。——身木，從厚厚的眼角下閃著苦笑。身木只覺得在這間九十幾度的小屋子裡周身出汗，有許多爭論得很利害的話並沒曾聽見。唯有堅石的事，他想著與那一晚上同船回去的人研究研究，如何能夠把他找回來？一陣煩躁，臉上燙熱，汗珠從髮梢上溜下。本來想趕快找個清涼地方喝一壺好茶，或是洗一個痛快澡，然而他是習慣於守時刻講紀律的，他知道在團體生活裡應該遵從大家的規則，不能一個人隨便出入。

一直到九點一刻算是終結了這個學會中最激烈也是最後的對於政治主張的辯論。

六

「沒有爭論見不出真理。縱然我們所主張未必全對，能經過這次熱烈的辯論，各人心裡清楚得多了。往東走，往西走，都可隨便。好在我們都是為的未來的新中國；走那條路沒要緊，只要有信心便走著瞧。還得說一句，不怕論起理來臉紅脖頸粗，我們可是朋友！誰也忘不了我們這個學會的歷史！」

眾人都站起來預備散會的時候，巽甫在長案的一端很激切地說了這幾句煞尾話，接著是一陣熱烈的掌聲。

「話是這麼說，主席——巽甫，你要明白，未來的道路也許把朋友的私交隔斷了？」義修把鉛筆在紀錄本子上劃著些不規則的橫行，這麼說：

「在這個急變的時代，如果為了主張的分野，『私交』算不了重大的事！」

老佟的話每每是鄭重而含著鋒芒。

義修若另有所感，低了頭不做聲。

身木也從牆角裡跳起來，伸動兩隻微感麻木的腳，在土地上一起一落地練習著柔軟操的步法，深深吐了一口氣。隨在巽甫與義修的後面走出了空氣混濁的屋子。在會場中可沒有提到堅石失蹤事的機會。

義修的夏布長衫仍然輕飄飄地在前面走，一頂硬胎草帽捏在左手裡，低下頭沒同任何人打招呼。老佟與五六個短裝青年前前後後地出了書報流通處的玻璃門往大街上轉去，還有人招呼巽甫同行。

「不，時候已經不早了，我還得與年輕的談談堅石的事。」

「堅石沒回來吧？」老佟站住了，「你們瞎忙。他不傻，就是神經太脆弱了，受不住一點激刺。這也無怪，他究竟跟我們不一路，你放心他死不了！」

老佟淡淡地說過這兩句似乎不關心的話，隨即轉身走了。巽甫才得與身木並腿向北面的橫街走去，追及在前面緩步的義修。

「他們與堅石也不錯，怎麼看去那麼冷？」

身木有點不平地問話。

「不，他們現在的心也太忙了，你還看不出來？頭一個是佟。其實他的斷定不會錯，我也曾對你說過，後來準能知道，現在上哪裡找他？」

「我又跑了一下午，腿都有點酸。」

「小弟弟，你真熱心，你對得起堅石的大哥，你不用著急……」

義修在前面有氣無力道地：

「罷罷！什麼運動，組織——學生運動我，我真也有點夠味了！白忙了一個多

六

年頭，花費了光陰，為什麼來？早打散場早清爽。堅石死了不壞；活著藏起來也有意思，不是『超人』，可也不落俗套，管他呢，如今自己連自己還管不了！——總之，我也得打打算盤。」

「來，詩人，你覺得你有高妙的見解，你不落俗套吧？」巽甫緊走一步拍著他的後背。

「俗也好，別緻也好！簡直弄得人頭腦昏脹。在這樣生活裡要生神經病並不稀奇——我得有一個理想足以解脫我自己。」

「又一個要解脫的，什麼理想？文學家！你說我也學。」身木也追上這麼一套質問的話。

「真是小弟弟！你不行，還得過幾年，你是小孩子，不懂。」

「小孩子？你別不害臊，多吃了幾年饅頭居然裝起正經來。」

「唉！你那套理想小弟弟不懂我可全懂！你說是不是？『沉淪』呀再來一個『沉淪』——苦悶的解脫，與對一切失望中的慰藉！我說，你與堅石不一樣的性格，卻也有一套的『銀灰色』。」

「你以為懂嗎？還是一個『不行！』你被定理與算學公式把腦子硬化了。你敢說了解『沉淪？』那『沉淪』中的人生的意義，是青年煩悶的真誠的表露。我是有過相當的經驗。」

義修又低低地嘆一口氣。

「是呀你自然有經驗。密司蕭的情書大概可以開一個小小的展覽會了？你便學著變成……」

「不！——不是開玩笑，你不說一句正經語，戀愛難道不是應該嚴肅看的事嗎？你沒有看過愛倫凱的戀愛論的學說？」

「嚴肅？辦不到呢。我看你應該學學堅石，就是能夠做到《紅樓夢》的寶玉出家，也算得你是個嚴肅的戀愛者。」

「啊說起賈寶玉，我猜堅石還大概是真碰見了那一僧，一道，隨著他們往大荒山去了！」

義修突然提了這句話卻也引起了巽甫的回憶。

「開玩笑是玩笑，你這一猜倒有幾分對。小弟弟你說不是當和尚去嗎？」

「我不信他能當和尚！看不得他瘋瘋癲癲地念佛經——當和尚，他會到那個廟裡找師傅？不，明天我往南門外的山上去查一查。」

六

巽甫對著這性急的小弟弟看了一眼。

「幼稚，幼稚，你以為堅石他像你這麼打算！出家便往城外的山上跑？」

「好了，出家的出家，跳火的跳火，磨鐵杵的去磨鐵杵，我看明白了『東飛伯勞西飛燕』，也正應該如此！各人打各人的計畫！巽甫，我看你倒與老佟有一手。你雖然口裡不說心裡有，你是怎麼辦，你說！這裡沒有人來做偵探。」

他們已經走到省議會前面的東牆根下，只有一個不亮的大電燈在木桿上孤立著。

「唔！我……」以下的話巽甫沒說出來。

「你也有點社會派的色彩我並不說不對，這是各人的見地也是各人的勇敢。我現在是有點來不及去活動政治的工作，也許……」

「也許等你『沉淪』完了的時候？」

巽甫居心避開被對手質問的本題，同他說笑話。

義修在心裡真想著一重重的煩膩的事：堅石的失蹤，會中派別的分裂，都不能引起他多大的興味，只是從漸漸地分離之中更感到一層說不出來的悵惘！不過他另有他自己受感的由來，所以對於巽甫的態度倒也不願深問。

轉過牆角到了中學寄宿舍的門口，與身木一前一後地叫開門走進去。

身木在門裡時還向巽甫說：

「你住的隔我齊思叔的寓處近，你有工夫去看他，可以趁便把我找堅石的事告訴一句，到明天我得補習補習這三天的功課。噯……」

「你放心吧，我想齊思能了解堅石這回事。」

六

七

巽甫自從堅石走失之後，他與老佟那幾個青年拉攏的更近了。雖然忙於學校中的實驗與繪圖的工作，但是一放下那些書本，器具，他即時想到未來中國的許多問題，本來他的伯父從他十歲左右把他當自己的孩子撫養著，好容易入了專門學校，盼望他畢業以後能夠由所學的本領上找點小事情，作一個職業的市民。想不到這一股新潮流把一般聰明的青年全衝動了。巽甫是一個熱烈的份子，對於家庭，自己的職業社會的批評他都不想，只是憑著自己的身，手，腦子向前躍進：要為自己，卻也為大家打開一條血路。

他原是黎明學會的主要發起人，與走失的堅石一樣。然而經過兩個年頭的變移，那不可避免的分裂居然來了。但在巽甫見解中那不是值得悲觀的事，他相信這倒是青年人思想進步的好現象。大家不是老在一個炫耀的「新」字招牌底下盲目地亂說亂幹。思想愈加分析，愈能深入。例如堅石，因受不了種種刺激隻身跑了，別的朋友們

七

總說堅石是意志薄弱，不能有點擔當，巽甫卻不肯這樣說。他以為能夠如此，便是堅石的忠實，也是他個性的表現。比起那些口頭上雖是硬朗，而行為上不一致的學生好得多，雖然都像堅石的走絕路也是要不得。

暑假來了。

照例地三等火車上的人數分外擁擠，男的，女的，都帶著一片的歡喜心往家中走。許多學生界的活動都停止了，怎樣熱心的青年也不免為回家的心思打動。本來他們都是由鄉下來的，那家族的念頭就如一張不清晰的漁網把他們捕捉住，儘管是高唱著吃人禮教與打破家族觀念的新口號，而事實上他們一天不把鄉下寄來的錢在這個大城裡花費，就一天也沒法過活下去。

巽甫也是把忙碌身子在這次火車中載回鄉下去的一個，同行還有兩個人，卻不是學生。因為自從那個學會有了最後的分裂之後，老佟，金剛，還有別的思想激進的青年，他們都趁著這個長期的暑假另作活動去了，身木決定住在省城中不回家，義修同人往泰山旅行去，所以在這一群常常聚會的朋友中獨有他自己跑回鄉下。

恰好一個在遠處給人家教館的貢生先生，與在省城中作報館記者的堅石與身木的族間人同行，巽甫並不感到寂寞。

三等車中有種種的人間像，這裡不比頭二等的清靜與單調。一群骯髒的鄉下孩子，三五個由關外回家的「老客」，纏腳的婦女，負販的小商人……香菸尾巴，西瓜皮，唾沫，蒼蠅，都是不能少的點綴。汗臭的味道人人有，也是人人聞得到，時候久了，反而覺不出有什麼異樣。

一站一站的停住，汽笛叫喊，車外叫賣者的奔跑，車道兩旁飛退的樹影，與田野中如綠海似的高粱與穀子，巽甫聽慣了，看慣了，倒沒有什麼感想。一個很沉重的問題橫在胸中使他很遲疑，沒有解決。

「與他們一同行動呢？還是不理……」

他們是指著老佟那般人想的。自從學會分散後，有點政治理想的青年雖然是中學生已經有了派別不同的結合，巽甫在起初原想只研究與口頭上的討論，但是從事實上證明了這是他個人的空想。如果把政治問題在文化運動的範圍中撇開不論，或者如同義修那樣的無暇及此，也就罷了，否則但憑無頭緒的尋思與口舌上的快意，幹什麼用？平常他已經被好多人指說是與老佟那般人一路，他卻明白自己，他是有果敢而慎重的性格的，他不肯隨聲附和；卻也不能立刻決斷。拋不開政治上的觀念。又缺乏老佟那般人不瞻前不顧後的硬勁。

七

因此他這個徘徊岐路的時期中，感到了另一樣的鬱悶！

雖然看不起意志薄弱的堅石與自己陶醉的義修，然而就這麼混下去，自己比人家優勝的地方在哪裡呢？

他的額上一顆顆汗珠往下滴，卻不止是為了天熱的緣故。

他想：「這個暑期在鄉下混過去，回去呢？明年卒業之後呢？難道這個大時代中就湊數喊幾聲，跑跑龍套，算是對得自己與社會嗎？」

「唉！巽甫，你看這一片瓜地，真肥！」說這句話的是坐在巽甫對面的老貢生李安愚。

「……是……是，安大哥，這回在瓜地裡就地找瓜吃，多快活！」

「還是鄉間的風味好呀！老大，你小時候應試也讀過範成大的田家詩：『才了蠶桑又插田』，味道多厚！荷鋤種豆，驅車東皋，嗳！說這些話怕是你們年輕的不理會。我不管人家愛聽不愛聽，總之，現在的學生還不是那一套……科學是有力量的，應該好好地學！你別瞧我現在！當年我也曾入過清末的師範學堂……更不成了，我從北京來，烏煙瘴氣！青年人血氣要有，可不要錯用了。這兩年就一個字，『新！』新到哪裡去？等著！難道中國的舊東西一件也要不得？」

他有五十歲了，胖胖的臉膛，說話急時不免有點吃吃的，然而一付忠厚和平的面像與直爽的性情，無論是老年人少年人都愛同他談論。他本來與巽甫的伯父很要好，又是清末時同過考場的鄉里，因此他對於巽甫向來是以老大哥自居的。論起世誼來，他與巽甫同輩，所以巽甫還叫他一聲安大哥。

「再說吧，現今不是什麼都講究『新』嗎？可是新也有點界限。從庚子以後講維新，不完事！究竟要新到那一天？從改八股為策論；從停科到舉辦學堂；從留前海髮到剪髮——到女的也不要頭髮。新？令人不懂，難道新的就沒個止境……」老貢生本來是要讚美鄉間的趣味，卻因為對面是這位好新的學生，不自覺地把話引到「新」的爭論上了。

「且慢！愚老，你難道沒念過『苟日新，又日新，日日新』的古經訓嗎？」

坐在木凳那一端的報館記者，飛軒，用不乾淨的手帕一邊擦著眼鏡一邊很灑脫地這麼說。

「不錯，日新又日新，新是該沒有止境的！不過你可要明白，天天新便是天天向好處走；一天的新便是一天的改進就是『善』，所以才無止境……從清末新到現在，能當得起那三個『新』字？」

七

「這個……」

「飾辭便是不真，便是強辯。」老大哥的語鋒往對方掠入。

「不，愚老，你錯會了。你的話不明白。什麼善呀，什麼新，還有不同的解釋？這有點不倫不類，籠統得很！」

安愚把手中的短旱菸管拿住向左脅下一夾，然道：

「我說你還是回到報館去吃你的剪刀漿糊飯去吧。你覺得比我小八歲，我看不必。你不要打出你那在北京入老學堂的架子來，那早已是另一個時代了。你那份『新』，帶藍眼鏡，穿白竹布大褂，留小頭髮……你那一份跟我一樣不合時。像巽甫……你明白？這時候是人家的世界了！不夠格，你與我難道不一樣？」

安愚老年的憤慨勁真還同他在師範學堂時為首領導一般學生去質問監督的時候差不多。他這點火氣不退，許多人稱他做「老少年」，一點不冤枉他。

可是與他當年同在中學堂讀過一年中學教科書，與盤起大辮子上德國操的飛軒，用手捋著留了三年的下胡，搖搖頭。

「不一樣？愚老，不一樣啊！你還是作一個『鼓腹擊壤』的太平民吧！我究竟比你年輕……」

他的話還沒說下去，安愚臉色突然紅起來，向他白瞪了一眼。

「年輕！——自己說，我看不必強向多年人隊裡去插腳，到頭弄成個四不像。這是你的脾氣——好奇之故！」

「所以我說你不懂。頭一件為什麼叫年齡限住了自己？中國人未老先衰……還得先學上一份先衰的神氣，真真何苦！」

飛軒揀著鬍子悠然地也在嘆了。

老貢生搖搖頭；「好啊，看你這個『鏇床』的口鏇到那一天？」

這個名詞卻引起了久不說話的巽甫的疑問。

「『鏇床』是什麼意思？安大哥。」

老貢生被這一問，記起舊事，頓時將臉上緊張的情緒變為鬆散了。兩個有深深皺紋的嘴角往下垂去，接著閃出青年時愉快的微笑。

「來了，來了，『天寶宮人』了！說這，無怪你不懂，噯！快呀！時光的急流真同電駛的一般『鏇床』這是大家共同送給飛干——他的別號，可是很公平。那時在一個班上的學生，誰也得分一個別號，俗不傷雅。如今想起來如同做夢了。你明白『鏇床』是幹什麼用的，意思是他的口太壞了，誰也得被『鏇』……還有一個意思，他太不在乎，到處『鏇』人，還不止是口說……想想看，是不是，飛千？你那時是十九，我已經進學了，大約是二十六七歲。巽甫，我也是老學生了……」

這位久經世變的老學生說起當年在那個讀五經，作札記，穿緞靴，上體操班的學校的生活來，卻真純地感到年青的歡喜，談到那些事，他彷彿把年紀退回去二十年。

說到老學生的學生生活，引起了他的許多記憶。

「一個時代是一個時代。巽甫，我不是十分拘執的人，我還懂這一點，天生是『後浪推前浪』。像我也是時代後頭的人了，再沒有別的本事與好見解，可是我有我的信念。舊的，老實說，也有不少的毛病，而倒果為因，把一切的壞事都望舊的一個字上推，難道就是公平？我想你回鄉去同你家二伯談談，大約與我所說的一個樣。天生的人，青年，中年，老年，大家還不是順著年紀向上挨！有幾個老年還有少年心，不是？現在你不會信我的話，等著瞧，再過二十年吧！嗳！

「我不贊成過分的迂執，可是我十分厭惡那些居心好奇自以為是新名士派？」

這句話顯然是對於飛軒挑戰的譏諷。

「好！」飛軒從衣袋裡掏出一個蜜棗放在嘴裡咀嚼著，毫不在乎地回覆這位老同學的話。

「愚老，你又何必乾生悶氣！你說這個時代不屬於咱們的，這個『咱』字未免說得太寬泛一點。」

「天地之大，無所不包……」

那時巽甫在一旁哈哈地笑了，老貢生自己也忍不住把嘴唇抿起來。於是他們這一場爭論暫告結束，題目便另換了一個。

這時火車已經在一個中等站上停住，站房的牆上映出兩個黑字是「夏鎮」，老貢生看見東廂外有不少賣瓜片的小販，他便指點著道：

「有一年——說來是道地的老話了，有一年我往北京去，那時津浦路剛剛開工，從咱那邊去，一千多里，仍然是坐騾車跑旱道。與你家二伯搭伴同行，一直過了德州，趕入直隸地界。是秋初，忽然來了一場暴雨，在官道上淋得像水雞一樣，兩輛車子奔不上宿站。黑天以後，迷迷忽忽地找到一個幾十家人家的小村子，借了兩間空著的倉房過了一夜。——那夜雨住了，房主人是個三十歲左右的念書人，叫長工送了六七個三白瓜給我們解渴……我常記得清楚：吃瓜，吃那樣色，香味，俱好的瓜，在小村中不足奇；卻想不到那個穿粗夏布赤腳的房主人居然跟我談了許多事，最奇怪的是他居然曾經看過《時務報》！」

七

「罷呀，你盡是見駱駝說馬背腫那一套，難道小鄉村便沒有看新書的人嗎？」

安大哥對飛軒的讒語不答覆，卻繼續說他的意見：

「我不是認為那算出奇的事，因為瓜，使我記起了這個真實的經驗。從那時起我便明白了由文字上傳播文化的勢力。所以現在許多青年人辦雜誌，發議論，我覺得並不是壞事，說『洪水猛獸』那太過分了，總之，『不激不流，不止不行，』這一股邪勁發洩得大了，卻不容易善後呢！——別忙，我所說的邪勁就是猛勁，你別錯會了意思。」

「中道也，中道也！世界上都像你便大可以提倡中道哲學了。」

飛軒與安大哥一路上老是這麼互相譏諷著。

然而坐在周圍的那些男女聽著他們說些難懂的話，都不免向他們多看兩眼。

八

這一晚上他們同住在一個小縣城外的旅店裡。

本來住的家鄉，巽甫與安大哥，報館記者，相隔只有四五里地。便預先雇妥一輛農家的車子，想趁早涼啟行，好早早走完這六十里地的旱道。

雖是縣城，又是火車站所在的地方，然而那古老式的店房仍然保持著五十年前的風味。不過把豆油燈換成有玻璃罩的煤油坐燈，瓦面盆換成了琺琅的。除掉這兩項之外，土坑，草蓆，白木小桌，土地，臭蟲，真正如轟雷似的蚊子件件都全。

他們下車的時候很早，車站外有一群新兵正在空地上學徒手操。三五個赤背的小孩熱心地練習打瓦的遊戲。夕陽在古舊的城牆上反射出落漠的淡光，一點風絲颼不起來，只有柳林中的知了爭個嘶叫。

旅店中有很大的一片空地，一列草棚，棚裡面堆著很高的雜糧，豆油等的麻袋，竹簍。院子中拴了幾隻騾，馬，有一堆堆的馬糞。牆角上有一段土牆半遮的廁所。

八

天氣太熱了，屋子中正在用艾葉生火，將蚊子烘出，煙氣滿房。非過一個小時進不去。於是巽甫與同行的兩位只好在門外的石條上閒坐。

這石條也是他們的聚桌，一壺白乾，幾碗大肉麵條，與兩盤粗糙的炒菜，他們好快意地吃下去。

巽甫在這一晚上喝的酒特別多。

安大哥雖然年紀大些，可是自從幼年家道窮困，倒能鍛鍊出一個強健的身體，走路，說話，與二十左右的青年沒有什麼差異。辛亥革命的那一年，正蹲在北京，按著資格應分有一個小小官佐的補缺，而這一點點的希望被武昌的炮聲打成粉碎。好在他原是寒士出身，並不十分懊喪。入了民國以後，他做過幾年的局所小職員，究竟是文字與出身還能在那個社會裡有存在的可能，他的生活不是沒有出路。

他雖沒有什麼遺老的想頭，而時代的變遷那麼迅速，自己只是感到對於許多青年還能作相當的稱讚，而差不多的事情他是認為過激了。

在石條凳上吃過晚飯，問店家要了一壺濃茶，他們便東扯西拉地閒談。在閒談中，安大哥方提起了堅石走失的消息。

同在一個村子中居住，他與堅石故世的父親小時候還有兩年同學之誼，平日對於堅石的兄弟們特別關切。及至大家談起這段突如其來的怪事，他便站起來，用手拍著大腿道：

「這怎麼好，這怎麼好，不是新學說把他害了！新學說……」

「不，新學說總是提倡青年人要走新路，沒有勸人偷跑，也沒有勸人自殺或是隱逃的。」巽甫的回答。

「只知其一，不知其二，新路是一下就走得通嗎？把小孩子們的感情給煽動了，沒處發洩，說不上怎麼辦好，怪不得在北京有男女學生自縊而死，或者從家庭中走失了的。我還當是報紙上居心造謠，堅石也是這麼辦，怎麼了，他家裡知道不？你該……」

末後的兩個字對著斜躺在蓆子上的飛軒說的。

「知道是知道了，毫無下落。堅石，不行！從去年我看他就有些受不住。有一天他從南京回來見我，說話便有些顛倒了。」

「他往南京去做什麼？」安大哥重複蹲下去，鼻息咻咻地。

「上南京做什麼？誰知道，巽甫，你說。」飛軒不在意地吸著黃菸。

「我說，飛軒你這不近人情的怪物，你還是堅石的堂叔……」

八

「又來了！」飛軒把有異味的赤足向空中舞動。「怎麼？連他的親哥哥都不得一個信，你卻拿出這大道理來責備我。明明說是另一個時代，另一個時代！人心大變的節股眼。你不去想，只會責罰。唉！責罰早範圍不住年輕人的心了。」

巽甫這時才得插言的機會，便將在省城時堅石走失前的態度約略述了一遍。

聽了堅石從青年的團體中看佛經那一段，卻給安大哥以很大的感觸。他鄭重地說：

「原來是這麼樣，看不的他年輕，倒有點靈機，如果是當和尚去了，雖然對家中人說不過去，可是有點道理。」

「有道理？」巽甫聽見這位老大哥也這麼說，卻分外驚奇了。

「有道理，第一這怕是有遺傳的關係。巽甫，你不記得堅石兄弟的爹吧？」

「不是人家都叫他小才子嗎？我只見過一面，不很知道。」

他爸是個心性高傲的書呆子，才氣很好，卻又過於心窄。幾乎一句話不肯多說，不是狂士，也不是達人。有時他又幹些怪事，就一件事倒能看出他的為人來……辛亥革命的那年冬天，我們那幾縣也在動搖了，雖然北方還在清政府的勢力之下，其實是時機到了，人心再穩不住。不知怎的在我們那一帶的鄉村中居然發起了一個萬民會，是為革命嗎？說不出，是為『替天行道』嗎？也沒人敢明白說。然而我記得那些人揀了日子在一個古廟前開大會。你說怪不怪？頭一個上去演說的是他，是堅石的爹。你想，他那麼謹慎的人卻敢在那個時候說話。及至真正民軍到了，縣城獨立，清兵破城，鬧得殘破不堪，你說怎麼樣？那小才子卻沒曾露頭……我常說，憑一時的激動幹去，又受不了，日後總有反覆。所以我認為堅石多少有他爹的性格。」

「也許是……」巽甫因為不知道這段事只好含糊地應答。

「噯！這個時代更不能與以前的時代相比，麻醉，損傷，把許多青年人都顛倒壞了。」

巽甫明白這位安大哥另有所見，年齡與思想不一致是沒法用言語來爭論的。就是那較為年輕的飛軒雖然也是好談談文化問題，然而他那份古怪的性格與自己也合不來，所以便不再多話。

望望天空中的星河——那若隱若現的淡淡的銀光。像堆起一疊疊的棉絮。隔著銀河的兩個星，記得是在六七歲時聽祖母說的織女，牛郎。怎麼牛背上駝著金手，怎麼織女會打斷了織布的梭頭，又怎麼七月七多情的烏鴉去為這一對痴怨的男女搭起橋梁來，使他們見面……難得有這樣閒暇心思去想那些舊事。美麗的童話使每個小孩子發

八

展他的高速的想像力，然而一轉念到未來的生活，即時覺得臉上出火。

「是這末又窮又亂的老社會，停滯在次殖民地的時代中的多難的人民。是一個民族復興的時機！『我是少年！』難道就如同一般無力量的人眼看著這末委頓下去？能夠忍心拋棄了一切嗎？」

他預備這回到鄉下去趁工夫得好好地計劃一回，怎麼樣？未來的出路？被堅石突然的出走反而引起了自己的不安。

「你留心，艾火一烘居然聽不到嗡嗡作聲討人嫌的蚊蟲了！」

飛軒這句話說得很得意。

「誰是討嫌的蚊蟲？」安大哥在暗中擲過來一句報復似的問話。

「我算做一個吧！老安。」

「討嫌，還得夠資格啦！你不信再過十年，人家會把討嫌的資格也忘了你，到那時你會記起我的話。」

「有理，有理，但是君子要有『計其誼不謀其功』的想法。」

「你想是那樣的君子？」

「哈哈！誰敢說！永遠是那樣的人，我便拜他為師。安大哥，飛軒，你們說著好玩，可也了解一個時代青年的苦痛……」巽甫這句話算給兩位老同學解了紛爭，然而他們都沒有回答。

直到這兩位老同學到悶熱的屋子去安歇之後，巽甫還是一個在院子中乘涼。他躺在蓆子上，用大扇子撲著蚊蟲，冥想著青年界的複雜情形。暗裡聽見拴在另一個角落裡的幾匹駝重的騾，馬，用鐵蹄抓地的聲響。偶然從毛廁的牆根下閃過一兩個螢火，如空中的流星迅速地閃光，一會又沒入黑暗。

他想：「這場轟轟烈烈的學生運動怕不同一閃兩閃的螢火一樣？能夠放射著永不磨滅的光輝嗎？這真的是中國的文藝復興嗎？他本來是很有信心的，抱著樂觀的，但自從學會分裂之後也覺得心理上有一種難於對人解說的動搖。再一想，那麼樣包羅萬有，盲目著說是向新路上走的學會，幹嘛用？變則通，也許這個分裂可以顯出各個分子的自由活動。

「大約似太空中的星雲迸裂吧？一定有的是成了運行自如光輝燦爛的行星；有的成了時隱時現拋尾巴的掃帚星；有的是一閃即滅的流星；有的簡直是隕石吧？未來，未來，這難於猜測的未來！青年人與多難的中國合演出種種樣的戲劇……未來，不是容易度得過呀……所以堅石先走了這一途？如果每個青年都像他一樣，不行，未來的

八

中國應該拿在眼前的一般青年手裡。革新，創造，每個青年都應當把擔子擔起來！

「無論如何……寧叫時代辜負了自己，不叫自己辜負了時代……」

末後他想出了這兩句自己的斷語，卻高興得從草蓆子上跳起來，想著馬上寫一封信寄去，好叫他們那般人明白自己不是弱蟲。然而一時沒有筆墨，屋子中太熱，又不便去燃燈，便在蓆子上來回走，充滿了一腔的歡喜，去安排自己在暑假後的生活方法。他正如一個迷信宗教的老人，忽然在不經意中看見了靈光一樣。那是生命的象徵，活力的泉源，從此後覺得自己的身，心，意念與一切都有了倚靠，找到了根本，不至吊在空中，虛蕩蕩地不知怎樣才好。

雖然是頗熱的中夏之夜，巽甫反而感到心裡的清爽，由自己的心理推想到苦悶了幾個月的堅石：「大約在出走前他也一定經過自己判定的一種境界。情願他從此也有了倚靠，也找到了根本，只是不要吊在半空中無著落！」然而轉一個念頭，自己為堅石圓解的思想要不的！思想如果可以兩端都執著起來，這怕是人生失敗的由來吧。

他覺得額上微微有汗，望望那堆銀似的星河已經斜過來了，滿天的星星似乎都大睜了眼睛對自己看。

在暗中他苦笑著。

九

場圓中堆滿了麥稭堆，播餘的麥粒，引來不少的家雀在光滑的土地上爭著啄食。這一年的春太深了，直到快放暑假的時候才割完麥子。都市中歇夏的時季，鄉間卻辛苦忙勞的正起勁。真的，如同過年一樣，鄉間人抱著一片歡喜心與希望心，拚命地要爭忙過這幾十天獲麥，播場，拔去麥根，耕地，種秋糧，田地裡只種一季糧食的便光了背在小苗子的綠林中鋤去惡草，掘動土塊。

照例，巽甫也起得很早，用冷水擦臉後便跑到門外的麥場上閒逛。麥子是已經放在倉囤中了，場圓中卻還有活，他家的雇工，把頭，正領了兩個短工在做零活，捆麥根，預備秋天出賣。

場圓很大是幾家分用的，不過是巽甫家的地基。原來收拾出這麼一片平平的圓圓的土場也得費相當的人工，時間。先將土塊打平，用石碌碾壓，壓一遍灑一次水，水乾了再來壓一遍。這不是三天五天打得成的。在鄉下，農夫們雖不知道種地還用機器

九

這回事，一切都靠住身體的力氣，有耐心，不怕苦，不躲避麻煩。打場圍便是一個例子。如果用新式機器，不用提那會用不到這原始的播麥方法，即要打平一塊土地也是十分容易的事。

將近一畝大的場圓在這不到一百戶人家的小村子中已有長久的歷史了。雖然年年得碾壓多少回，因為有了強固平正的底子，用不到十分費力。說是為農事用的場圓，也是村中的公共聚會娛樂的地點。

因為這幾天還是下泊去忙的人多，清早上場圍中除掉巽甫與三個雇工之外還沒有別人。

巽甫自從回到鄉下以來，他也想著盡盡力量給家中幫一點農忙。可是無從下手。種一畝豆子要幾個工夫，下一升種糧加多少肥料，自然他不能計算，就是，叉，犁，鋤，怎麼用，怎麼拿，也毫無所知。盡他自己的能力只能坐著看。在地邊上，在場圍中，坐下如同一個「稻草人」，那便是他的職務，雖然勞動的趣味不能分享，汗珠卻照樣一顆顆地往下滴，可是有點發急，並不是由勞力而滴出的汗滴。男人，女人，小孩子，都起勁地分忙，老呆坐在一邊如同塑像，不好意思，有時跑去用笨力氣，一斗糧粒駝不到肩膀上去，叉半小時的麥根便喘不過氣來，兩雙手有幾百斤重，只好蹲在麥根前面抖顫，惹得小孩們嘻嘻地笑。

落漠的心情包圍住他的全身，有時很後悔不趁這個暑假去讀書，旅行，或者作什麼活動，卻跑到鄉下來與一般人沒法合手，看看家中人，自有了白髮的伯父與才八歲的子都為土地那麼忙，自己又忍心不下。有那兩個雇工替他解說道：

「大少爺，念書人，應該不懂莊田的事呀。你忙什麼！」

「對！我知道大少爺的老輩裡都是做官的，誰能下地。——不過從這兩輩子搬到鄉間來住，學種地，怎麼會對勁。」

「洋學堂畢了業也一樣有做官，考取功名。等著，過幾年少爺發跡了，咱都沾點光不是？」

他聽見這些好話如同利錐一樣向耳朵中扎去，恨不得大家都不理他。然而這幾個多年的雇工對於他卻是懷著很高大的希望，是捧著心對他說。他又怎麼去辨解哩。說理是一時說不清，自己的思想只好對那些新字牌的青年高談，闊論，在這裡只有土地，工夫，氣力，粗笨的嘲笑，汗滴，火熱的太陽，此外什麼都不容易找到。

他的話要對誰說？他的微弱的力量在這裡沒了用武之地。

太陽剛剛由東方的淡雲堆中露出快活歡笑的圓臉，場園下的葦塘中許多小植物多

九

刺的圓葉子上托著露珠還沒曾晒乾。蛙聲在這時叫的沒勁，間或有一兩聲，馬上止了。小道旁一行大柳樹，那些倒垂的柔枝，風不大也輕輕地舞動。偶然走過一輛空車子，便聽見小孩子在車子前面呼叱著大牛的啦啦的叫聲。天空雖是有幾片雲彩，從強烈的陽光看來，這一天一定是熱，說不上還有雨。這句話是巽甫家的老把頭一出門時從經驗中得來的天氣預報，巽甫在屋門前洗臉的時候聽明白了。

他沿著場圍邊向小道上走，一眼便可望到毫無遮蔽的郊野。本來他家所在的村子便立在郊野中間，一出門是田地，小松樹林子。唯有西南方從高高的地上翻起一道土嶺，愈來愈高，在叢樹之中擁起了一個山頭。映著日光看的很清晰，那道土嶺上的農植物疏疏落落地不茂盛，沙土是褐紅色，有許多小石塊在遠處發亮。

相傳這座小小的土山是有歷史的遺蹟的，那裡曾經鏖戰，那裡曾經追逐「名王」，然而現在卻常常成了土匪的聚會處。

巽甫也學著鄉間人，趿了一雙草鞋，敞開小衫的對襟，在場圍邊上游逛順了低坡下去，淤泥一堆堆地被灼熱的日光晒成硬塊。旁邊幾簇短草秀出帶種子的毛絨，一個小小的生物輕輕地跳動。巽甫蹲下身子去詳細看，原來是蜘蛛網上黏住了一個螳螂。蛛網的絲從老槐樹根下扯到幾尺高的青草上，預備捕捉水畔的飛蟲。螳螂不大，像是出生不久，不知怎麼便落到網的中央。究竟牠不是蚊子與飛蟲那麼小，容易黏住，然而牠愈用力掙扎，便被柔細的蛛絲裹得愈多。蛛網的圖案式的中心固然是攪破了，可是那刀割不斷的細絲有令人想不到的吸力。那個頗為活躍的小動物雖然有向後看的一雙靈活的眼睛，有鋸齒一般的刀腿，一遇見這麼軟的，這麼富有黏性的蛛網，便不容易打出去了。巽甫沿了那根懸絲再往下看，果然有一個比拇指還大的蜘蛛在樹根上伏著不動，靜候著牠的俘虜的降服。約摸過了一刻鐘，那個看似很有精力的小螳螂已經被網絲纏得太緊了，薄碧的翅膀，圓活的長脖項，都不能再有活動的餘力，只是兩隻鋸齒形的前腿還盡在柔絲中掙扎。然而這是時機了，久在下面待時而來的蜘蛛，沿著長絲迅速地向上跑來，隔著螳螂不過有二寸多遠，牠輕輕地漂在網絡中間，不向前進。那個被黏縛住的小東西也看明了自己要被這醜惡的奸敵吞沒了，可是牠更奮起最後的力量作一次的爭鬥。

巽甫看了多時，引動他的不平，想折一枝蘆席來把蜘網攪碎，可以救了螳螂，嚇走了蜘蛛。正當他立起身來，忽然身後有一聲問話：

「巽，你蹲在那裡看什麼？」

回頭看，正是他的伯父提著一支槲木手杖從場圍上踱過來。

九

雖然年紀快六十歲了，眼光卻好，向下看看，這瘦瘦的老人不禁笑了：「多大了，還看小孩子的玩意。來……來，上來我有話告訴你，家裡有封信是從城裡一個相熟的字號轉寄來的。」

巽甫就勢跳上岸來，來不及去給那個最後努力的小動物解圍，便在伯父的身後跟著走。

「巽，你到家這幾天，我沒有工夫同你說話。可是我這麼年紀了，自己又缺少男孩子，這兩家的將來……」

伯父似乎在低沉的呼吸中微微地嘆了口氣，同時把沉重的手杖在平平的土地上拄一下。這句話似是突如其來的，然而巽甫自從回家以後卻早早防備著伯父一定要對自己說一番大道理，幸虧農忙，伯父又病了兩天，沒得工夫說。看光景，這位心思深長的老人對於自己早存了一份憂鬱的心思，那頓數說是不能逃避的，果然這個大清早上開始了。

「不是，噯！不是？『四體不勤，五穀不分，』噯！我活了大半輩，還不過落得實際上只做到了這兩句古語？從爺爺下鄉種地以來，能勤，能儉，算是成了一份人家……說來也是不幸，從我這一輩裡又開頭讀書，以及你……」

巽甫懂得這是老人家要數說的長篇的引子，他一步步地挨著在麥稭堆旁邊走……老人把引子說過，要解釋什麼，他可以猜個大概，不自覺地連嘴角上都黏住汗珠，心有點跳。彷彿是群眾開大會時輪到自己大聲演說的關頭，可不及那個時候心裡來得暢快。

兩個短工在一旁蹲著吸旱菸，他們從清早起已經接連幹了兩個鐘頭的軟活，正在休息著等候早飯。一個是光頭，那個更年輕的還在黑脖子上拖著一把長髮，用青繩紮住，是剪過了髮再把留起來的樣。

「大爺好！下泊去看活來？」光頭的漢子在地上扣著菸鍋，毫無表情的一對大眼在這爺倆身上釘住。

「飯還沒送來？今早上是藝豆肉，單餅。」老主人且不回答那漢子的問話，他另來一個暗示。

「好飯！掌櫃的，叫你這一說我的肚子要唱小曲了。」長髮的年輕人說。

「到您家來出工夫，飯食好，大爺，您家的工夫好叫。」

文弱的老人笑了：「好不好？天天三頓酒，肉，可不支工錢，行嗎？」

「嗯……」那個黑漢子再把菸鍋扣兩下，用嘴唇試吹吹有沒有餘燼。

九

「嗯……『人為財死，鳥為食亡，』叫我看，人和鳥差不多。我是一個，天天有大酒大肉的吃，喝，行！不支工錢，行！大爺，你先與我打一年合約……」

主人笑了，那個長髮的年輕短工笑得更利害。

「好，試三天工再說。」老人結束了與短工們的談話，一邊領著巽甫向開了一大片木槿花的自家的門外菜園中走去。

「你看，『不識不知，順帝之則，』多好！這些天真的鄉下孩子。」這話是羨慕還是對子的警戒？說不定。巽甫卻忍不住議論起來。

「伯伯，難道還是五十年以前的鄉下？他們縱使是無知無識，而外來的逼迫眼看著要立腳不住，怕事實不見得能夠樂觀……」

「不錯，這我也多少明白。我不是傻子……但世界上獨有他們還真實，還能給中國人留一點真氣……管他是什麼做官為宦的，念書的，有多少好人……你記得我在清末與民國初年也做過兩任，不瞞良心說，有法幹？好人也得拖到渾水裡，苦不堪言……」

伯父這時已經把粗手杖橫放在籬笆上面，坐下來，藉著從菜園中掘出的乾土作了坐墊。巽甫一心記掛著那封來信，想著即時取來看，然而伯父卻從容不迫像有好多話要說，便不好急躁，索性也坐在前面。

「我得同你講講，明年你應當畢業了……完全由我來供給，不管是我弄來的錢還是典賣的土地，你二十二歲了，我得問你……聽說你也是幹什麼學生運動的一個……我不懂，可也看報，明白這是種什麼事……你說就那樣開會，示威，青年造反，會把中國強盛過來？你們便會找到飯門……常談啊，腐敗話啊，料想你能答覆我！可是人不小了，連自己的未來還不睜開眼看看，還沒有一點把握，難道我可跟你一輩子，給你們作後站糧臺……你說，你想怎麼樣？你願意怎麼樣？無妨，我沒有限制，你可隨心說，試試看……」

「但是你別來堅石那一套，我早知道了，那是瘋狂，算不得對自己有什麼計畫。」

這細眼睛短鬢的瘦削老人又加說上這麼兩句，便緊瞅著他的子等待回話。

只是預備著老人的責怨，巽甫早打定主意聽，不必分辯。想不到這有豐富經驗的老人卻給他出了題目，要他立時回答。「對，得有自己的計畫，快畢業了，又碰著這個時代，不用老人問，自己應該也有預備！」

然而憑什麼來說，彷彿在平日自己是如同一隻森林外的飛鳥，瞧著高天，無邊的大地，在美麗的陽光中翱翔，卻沒預備到怎樣去尋找食物，又不知那片黑壓壓的森林

九

裡是否還有自己的窠巢？是否還得防備陰暗中的危險？

然而終有暴風雨突來的一天。

怎麼辦？向哪裡走？——向哪裡去找尋食品？與……現在自己彷彿便是那隻鳥，雖然還在輕輕的飛翔，可是已感到翅膀下須要漸漸添加氣力了。

「自然是得找職業……升學也不必了！」

明明是勉強說出來的敷衍話，自己先感到是文不對題。在省城的學生會中的朋友們所談論的那些話一句也無從說起。即使能說，在各一個時代中的伯父一定會有另一樣的辯駁，毫無益處。他與堅石，身木一樣是「耕讀人家」出身的學生，與他們同時代中多數的青年學生的出身一樣。一方是嚮往著黎明時的曙光，一方卻又不容易在平空中創造出嶄新的生活，憑了意氣也在這個巨浪中翻滾，然而總免不了拖泥帶水，難得的是獨往獨來。

巽甫的心思算得上是縝密，堅定，卻是不易決定，這種地方他自信不及身木，也不像堅石。

「明白，誰也會說。怎麼說，要緊處我是問你對於這個時代——就是這個翻覆無常的時代，你想你本身要怎麼辦？」

伯父不會說那些應時的新名詞，而意義卻很顯然。

「我想，我應該作一個現代的青年！」巽甫覺得有了申訴的機會，那種人人俱說的時代口語便在老人的面前呈獻了。

「好一個現代的青年！怎麼才像樣？我不敢說懂，你可以把這句話加以解釋。」老人若真若諷地追問。

巽甫又出了一頭汗，下面的話：「要有清晰的頭腦，科學的精神，確當的見解，勇氣，求知，救國，解放，奮鬥。」那一串的名詞已經迸到唇邊了，又嚥下去。

看看正在沉思的伯父，憂鬱的瘦臉上刻著辛勞的面紋，兩隻皮鬆下陷血管很粗的手背互相按摩著，他的話又不想說了。恰好自己的目光與老人的目光透到一處，一瞬的注視他們都像看透了彼此的心思。——老年人與青年人不能沒滅的自然的阻隔。

伯父悶悶地吐一口氣，巽甫卻低下頭去，舌根有點發乾。

這真成了僵局！伯父現在不急迫著向他追問了，巽甫滿肚皮的道理不知是怎麼說才合適。彼此在沉默中各能了解，然而隔得太遠了，也真感到彼此都有難言的苦痛！又在一部分生活中關連得太切近，使這個飽經世故的老人與生氣勃勃的新青年都不肯在當面把話講得沒法收拾。

九

在幾十步外的那三個雇工正在吃早飯，聽不清他們說什麼話，遙望著他們高興的神氣，與菜園旁這一家的老少主人的苦悶恰成對照。

「『自家一個身心尚不能整理，論甚政治！』……噯……」

半晌，老人引用了這句話，像是做一篇難於說理的文字的取譬，又像是對於談話的對手的總評語。

巽甫聽見這句有刺的話，知道老人是在引經據典了。像是述說的宋儒的語錄，自己沒有心緒也不願問。

「古時的教訓在現在還能有效嗎？」他想著，沒肯說出。

「告訴你吧，能記住就好……這是明朝大儒薛的讀書記裡的名言。他做過很大的官，講過學，有行有則，是個言行相合的理學家……你們許連這個名詞也沒有聽見。理學。現在提起這兩個字，年輕人生怕是沾一身臭味一般，便遠遠躲開……又來了，又來了，這些話還是多說……我老了，盼望你以後有時能記起這句話。」

這老人倒沒有理學家老氣橫秋的神態，然而他對於舊教訓的心服使巽甫不明白。

「做官，講學，文章——這一串的把戲古人最為得意，缺一不可……沒見一個買賣人，一個鄉農會成了理學家。」

巽甫心理上是這麼不平的斷定，口頭上卻含糊著應道：「是啊，自己不正怎麼正人。」

九

十

第二天，巽甫要往縣城去，等著吃午飯，在糊了紗布的小窗子下他從衣袋裡取出昨天伯父交與他的來信再看一遍。

信很長，當中的一段使巽甫感動得利害。

「……你的態度不甚明確，然而我們不再等待了！若是講到尋思上幾個年頭，正是『俟河之清』，無論事實上不容許，那正犯了中國的老病，是推諉，敷衍……新時代已經展開了朝光，正在輝耀，青年，我們是青年，還遲回，猶預什麼？見理不明，自己牽累，藉口無暇以高超自解，那種人不能與我們合作。受不了現實的壓迫，失掉了反抗的勇氣，反而往清靜無為中自找苦吃，終無所成，立腳不穩那種人到時墮落，是時代的淘汰者。更有倚附官僚，奔走於政客之門，想利用青年團體的活動作自己的捷徑，是青年的害群之馬，更不值一擊……巽甫，我們要打起鋼鐵般的營壘，要收拾起明亮的利器，向這古老的社會進攻。我們要有連合的力量，要有遠大的企圖。為民眾

十

造生活。總之……中國到了現在，需要革命，需要青年人的革命的精神與力量！『時乎，時乎！』……我們不能再等待了……」

巽甫屏住呼吸，看到這幾句立起來，用破皮鞋尖蹴著地上的平土，眼裡發出潤溼的亮光。再往下看，把用練習簿作的信紙揭開了兩張。

「……學會散後，人家都對我們注意。那自命清高的青年另作打算，我們呢，我們也有我們的團體。——這是你知道的，有時在郊外開會，有時在古廟裡開辯論，嫉妒，誹笑，一般無聊份子的蜉蝣式的人生觀……鄉下能久住嗎？你覺得安心嗎？『時乎，時乎！』……我們不再等待了！可是盼望你有跟我們共同的熱心……你是有才幹的青年……」

這兩段是來函中的精要處，所以巽甫看到這裡便不再往下看，很在意地把一疊信箋重行裝入信封，一看封面上左邊一行寫的是「金緘自××」幾個斜字。

他想不到那個口拙的金剛寫起信來，卻能夠如此激昂慷慨。他一手拈弄著信封，記起在中學校門首義修問他的話來，「各人有各人的出路！」再不決定，難道還回頭去學清流似的義修不成？何況就是那樣子自己也學不到。

胡亂吃過一頓午飯，同年輕的妹妹，白髮氣喘的伯母，老是生著黃疸病的寡嫂，都沒話可說。伯父被安愚約到另一個村子去開什麼詩社去了，這樣反而可少聽許多話。

騎了腳踏車，在滾熱的塵土中他走上了入城的大道。無意中時時回頭望望在煙後面的自己的鄉村。

不過是三十里的路程，巽甫又是騎腳踏車去的，卻走了足足一個半鐘頭。因為這是一條騾車和兩人推的車子常走的大道，前幾天一場大雨，很深的泥轍都變成硬塊，腳踏在轍裡全失了輪轉的自如。只好在路邊上檢著平地走，上坡下坡的地方又多，高低既不平，半中間還橫著一道河水，一片將近一里闊的沙灘；在陷到足踝以上的沙子中，腳踏車反成了行人的累物。

距城關還有五里路，巽甫已經是疲倦非凡，把車子停在一個村頭的土地廟前，自己坐在一棵繁枝密葉的大槐樹下休息。

在這許多縣分裡，一個式，幾乎每一個最小的村莊也有一坐土地廟。低得不到人頭高的屋子，一樣是磚砌，石基闊氣些的還有一堵映壁，兩根兒童玩具般的旗杆。沒有窗的屋子中供著一團和氣的土地公公土地婆婆。他們在每個月中卻要收領不少的香火，和跪拜，祈求。

十

巽甫歇在那裡的土地廟，特別宜於過往的行人，因為映壁後有一棵百多年的古槐，廟後又有三棵空心的桑樹，正好把半畝大小的一塊地方罩住。無論早上，過午，那槐樹下總有兩個小攤。那兩個賣煙火，水果的和糖饃饃的老頭子，他們不急不躁地等待著來往的過客。

這兩位擺小攤的老頭子，恰好與土地廟的兩個神像是一幅古畫中的點綴。他們各守著各人的貨色無論住下什麼人，他們不驚奇也不招呼，不向前拉攏交易，單等著「願來者上鉤」。他們知道大道旁不是市集，知道奔路的客人不是貪婪的顧主，只是人家需要時，自然會到攤子上破費幾個銅板。推車子的農夫，挑擔子的腳力，下鄉出差回來的差役，都是他們的主顧。這幾年來盛行的腳踏車也多少奪去一部分生意。可是能坐得起腳踏車的人，與他們這末可憐的小攤子原不會有什麼大關係，所以他們雖是終天在大槐樹下面打盹，仍然可以維持他們的殘年生活。

「倒是一張很好的趣味照片，可惜沒帶得鏡頭來。」

巽甫坐下以後，看看，一個全禿了頭，一個拖著豆稭粗細的小辮子的那兩位老頭的怪象，心裡不禁這末想。然而即時責備自己：為什麼作這樣輕薄的想頭，他們正是一對鄉民的殘餘者哩……

沒來的及再往下想，從城中來的大道上一連推來四五輛的二人車，有的用驢子，有的用一匹瘦馬拉著長套。十幾個壯漢和童子們蹴起路上的熱土。走到了土地廟的前頭，他們沒打招呼，便一齊把車子停住。

到這時，那兩個小攤的老主人才大開了朦朧的睡眼。

那一群腳伕都在廟前歇腳，有的吸菸，有的買兩個甜瓜桃子啃著吃。有的便從車子上抽下蒲扇在空中搧動。一時汗臭味和塵土氣混合著，把一個冷靜的廟門口熱鬧起來。

人多，說話也自然很紛亂。巽甫在映壁的一端瞧著，插不進話去。那一群腳伕也都朝他看看——腳踏車，草帽，一身的白衫褲，彷彿覺得有點異樣，但也對他無話可說。這樣彼此默對了一會兒，有一個腳伕就鄭重地提議道：

「走！這不是打尖的半道，歇歇趕路，時候不早，到尖上要黑眼了。別盡著搗了。」

那幾個也像明白這頭領的意思，他們即時端起各人的車把，小孩子們呼呼地趕動牲口，急急地向巽甫的來路上走。

巽甫被這陌生的一群拋棄了。仍然只剩下他與那兩個怪樣子的老頭子，互相呆

十

看著。

「他們推的什麼？您知道吧？」巽甫忍不住問著禿頭的那一個。

「什麼？你沒看明——白，那是洋線包，多啦……從城裡往鄉下發，也許還有洋布？」

「不知是哪裡來的貨……」在巽甫心中懷著疑問，他知道再問這木頭人似的老頭子不會明了，就向他們點點頭，從樹陰裡把腳踏車推出來。

經過一陣休息之後便覺得精神好了，他用兩隻腳蹬著飛輪，在大道上向前走。就像加添了很多的氣力，幾分鐘，他便把那小小的神廟，多年的老樹與木偶似的老頭子們拋開了。

十一

冬天。

雖然還算不得隆冬，卻已是十一月的天氣。每天早上有一層鮮潔耀眼的薄霜被在樹木，陌頭，屋脊上，黃葉子到處飄泊著，找不到它們的故枝。小山上漸漸露出一大段一大段的林黃與褐絳的顏色。水塘中的水色也像分外加深，不似秋天那麼清柔與碧綠了。尤其是在江南，更容易令人感覺出葉落木的淒清景象。

早班的火車由H開往上海，雖是經過不少風景秀美的地方，現在卻只是疏疏的林子，靜靜的橋梁，與清冷的流水人家了。與來時相比，使坐在三等車中的一個乘客感到異常的落漠。時間曾經給予他很重大的威脅，然而快要到這一個年頭的歲暮，他又把自己的身子被「俗人」牽回北方去。

「『去路須從來路轉？』……這正是驢子推磨般的咒語，真成了時間的奴隸與『俗人』的俘虜嗎？」

十一

這位年輕的乘客，一隻手靠在玻璃窗上，一隻手撫弄著衣上的新折紋。他想：「是『俗人，』……再回來的身子！」

他看看對面坐著一語不發的哥哥，看看自己的衣服，從昨天又換上這一套裝束，雖然不很適意，卻覺到如見了老朋友一樣的心情。

那個跑了好多路，費了不少的氣力，好容易把他弄到往上海去的火車中的大哥，緊蹙著原是很湊近的兩道粗眉，盡著吸香菸，一支完後隨手丟在痰盂裡，緊接著又是一枝。他不看同車中的坐客，不對人說話，他像是又在籌思著什麼妙策。

坐著盡想，俗人，非俗人的種種事，在轟轟地奏著鐵的韻律的音樂聲中，他正回憶著過去半年生活片片的留影。

如電影上的特寫一樣，有幾幕中的光景與描寫異常清晰，使他永難忘記。

第一次是坐了小船走幾十里的水路，從小山莊中問明了那座團山的廟院。他呈上那個善女人的介紹信，低頭在老和尚身旁靜靜立住的那一時，彷彿一個窮途的旅客，找到了宿地；一隻斷了翅膀的傷鳥找到了故巢。古殿前的小松樹，挪下了一層清陰罩住木格子的窗子。禪堂裡一爐好香，靜中散放著令人留戀的香氣。他覺得這真是值得安心剃度的地方。當著那瘦削的老和尚向他周身打量的時候，自己幾乎在蒲團前跪下來。

雖是光光的頭顱，仍然還得來一次佛門的剃度儀式。老和尚在這團山的廟上做住持二十年，不曾收過一個門徒。從前有送鄉下孩子來的，也有外山的年輕和尚想著傳授這頗有些「道力」的老和尚的衣鉢而來的，但都不成。老和尚自己打算得很精嚴，情願單獨守著這個山寺，不許年輕的魯莽孩子來胡鬧。然而對於他，卻成了例外。經過一個多月的試驗……文字不用現學，筆札到手就會，念經的記憶力好，至於談談什麼心什麼性的禪機，連專修多年的老和尚有時也得稱讚。就怕的是不定性，不過正在青年的學生敢跑到山上來，敢過這麼寂靜的生活，已經是不容易了。他居然坐禪能坐到深夜。跪著拜佛不嫌煩勞，面容胖了，精神比初來時也安定得不能比較。

於是這老和尚便擇日為這唯一的弟子剃度。

預先發送了不少的請帖，給左近山村中的施主與首事們。到期備好了素菜，供佛，獻客。當著大眾為徒弟披紅，行禮，剃髮，這算是證明了他是這山寺中老和尚的唯一繼承者……在那樣莊嚴盛大的佛門的會上，他成了唯一被人注目的人物。不曾收留過一個門徒的老和尚，這次居然把很好的山寺要傳留與一個遠來的外省學生，無怪那些鄉間人都互相傳語，如看新郎官一般地跑來看他。然而這扮演著喜劇的角色，

十一

他在老和尚為自己上香念經的一剎，感到心頭上有各種味道。預想的未來居然實現，而且有想不到的優待。所有聽人家傳說的佛門的苦難，沒曾受過一點。什麼砍柴，挑水，與種種磨練的生活……他以前見過的小和尚，如當商店裡的學徒一般向上熬資格，這裡都沒有。出家與旅行相似，找到這麼開明的主人……過於優厚，反而使他心上搖搖了！他對於老和尚，真的，有「天涯知己」的感想。幸運的師徒，正如同朋友的契合……然而從此，便是真正的出家了！他想到這裡，也不覺滴了兩行熱淚，幸而沒人看見，便偷偷用青布衲衣擦去。一陣鐘鼓的聲音和許多祝美的話在耳邊響動。

就這樣他呆坐了一小時以後，他便有了法號，是無塵。

又一幕是在夜的月光下。

山中的秋蟲在竹林裡，草叢裡，淒淒唧唧的從黃昏時叫起，如奏著幽細的笙簧。池子中的荷葉都乾枯了，被輕風拂動刷刷的響聲，靜中更聽得分明。月亮從流雲的層疊中推出來，一會又被遮過，所以那皎潔的銀光一閃一斂地不很清楚。正屋子中間，老和尚在一爐好香旁邊打座，隔著簾子能看見的他，一動都不動。——

無塵也是照規矩在做工夫，木魚，經卷，小佛像，都在案頭上供擺著。他也在地當中放了一個軟墊，盤膝靜坐。他住的是三間東禪房，從門口可以斜望到老和尚住的正屋。

本來練習夜坐是老和尚重要的清修方法的第一項，他說：要使心如止水，非用這等工夫辦不到。誦經，念佛號，還要經過眼耳兩個識域，獨有打坐才能安禪。什麼想頭都得壓下去，初時是壓，日久了便完全融化於一切皆空的境界之中。必須天天這麼練——能達到色，愛，想，識都化成不住不壞的一個空體。所以別的功課倒許無塵隨意多做少做，獨有這一件不能放鬆！

從紛亂熱烈的生活中逃出來，如在酷熱的天氣洗過冷水浴，但常在冷水中浸洗全身，久了，熱力向外揮發，也容易感到些微的煩躁。無塵便是這樣的一個青年。他誠心遵守老和尚的規矩，也知道必須如此方能使身心疑定，作長久的佛家生活。當著空山，靜夜，燈光像一點鬼火，月亮，樹木，鳴蟲，簾影，常是現著微笑的佛像，屋子中時或有覓食的鼠子走叫，那些色聲的引動，如果是一個忙於現實生活的人便不易注意，也不易鉤起什麼念頭，然而這是山中的僧寺哩，人又那麼少，不是偉大複雜的叢林，有時終天沒一個外人來。因為在鄉間遊客更少，不同於都會中或著名勝地上的古剎，須作作世俗的招待。老和尚對他太好，用手用力的事有長工去辦，又向例不出去做佛事，天天上香，誦經，修理花木，以外的時間他可以到山頭上眺望，可以下山去與鄉農人家說說話。究竟自己是出家人，那能天天往山下跑。風景自然是可以看的

十一

過，山上的小茅草亭子，石梁，澗中彎環的流水，竹子，桂樹枝葉的蔭蔽。但這些東西天天看覺不到有什麼趣味了。他也明白，出家與趣味兩個字要隔得很遠很遠。在山中過了幾個月，他漸漸地連山下的農家生活也不願去看。他對於那些人的談話，家庭間的情形與小孩子們活潑的遊戲，都有點礙眼！老和尚倒不提防他會在山下鬧什麼亂子，就怕的是那些「世法」會把一個青年人沉不住的心攪動了。

在秋夜中，他一連有幾晚坐在軟墊上幾乎要跳起來，如蒙了厚毯在閉汗似的鬱悶，心上不明白想什麼好。竭力地不想，那輕輕漾動的簾影，那似是用心逗人的小鴨蟲，那窺人的月亮與在一邊監視他的小佛像，簡直不會輕饒他。合起眼來，有許多金星花彩在暗中跳動，偶而犯一次規，睜開眼看看周圍，又有許多譏笑的目光圍繞著他。向來不恐怖，到那個時候卻感到幽靜中沒些怪影子在門內門外往來閃現。

就這樣過一夜，第二天老和尚見了他打量一回，並不說什麼，不過他自己覺得心虛。立誓要在白天好好地聽師傅的講教，晚間希望不再被那些不相干的事激動心潮，然而晚上未曾打坐，心已經撲撲地跳了。

末後的一幕，是想不到的一年多不見面的大哥會從遠遠家鄉中獨個兒跑來山寺把自己找到。這自然是埋怨自己！出家後的四個月給了學校中舊朋友一封信，述說自己怎樣達到了以前的願望，像誇示一般描繪了山中的生活。這是一件懺悔無及的錯誤，為了這封信還是專托鄉下人給送出去的，然而他的老朋友與親戚，家庭，都知道他在某處做了和尚。因此他大哥受了母親與家中人的吩咐，借了盤費，專來找這個無家的弟弟。

肉體還是一個肉體，強行割斷的情感一遇到機緣還是如柔絲一般的纏繞，到那時他才恍然自己學不成佛陀；連一個家鄉中破廟的髒和尚也模仿不來！大哥對老和尚恭恭敬敬地說：要帶弟弟到城中玩一趟，敘敘話，第二天回山，算是了卻俗家的心事。老和尚仍然是那麼和氣那麼不甚理會的神氣說：

「去吧，佛法也難於硬把人情拗斷呀——去吧！」

他心裡有點迷惘，雖然大哥什麼話不說，下山的結果大概是可以推想得到的。臨走時他只把一本日記與抄小詩的竹紙本子塞在衣袋裡，到正屋子中對老和尚行了禮。久已乾涸的眼角上有點溼潤，老和尚淡淡地笑了：

「早晚就見你！——不必學小孩子了。——去吧！」

他永遠忘不了那個很平淡又很難窺測的，老和尚的枯黃的面容，遲緩的說話，捻著念珠的神氣。下山去，臨下小船的時候，他還盡力望望那些東一團西一堆的農家房

十一

屋，與竹樹後縷縷的炊煙。

在旅館裡，在小飯館裡，大哥的詞鋒面面俱到。母親為了思念他病的很利害，妻，幾次要投水，吃毒藥，沒有死……又有什麼社會的責難與希望，全來了！他一句話插不進，只是一顆沸騰的心不住地躍動，末後，還是大哥自己打了圓場。

「到家鄉去一趟！你有你的志氣，誰能拴住你？真正不是小孩了，回這裡——再回來，那怕家裡人都死乾淨，我能對得起。」大哥是善於辭令的人，再轉一個彎：「你能夠做在家的和尚更好！家中與社會的擔子我早早挑起了，什麼事用不到你，你是出家人啊！再一說……你怕人家說你打不定主意；說你半途而廢；說你沒有定性，都有我，都推在我身上，完啦！只要你回去一次，以後隨你的便。不然，你還不明白我的情形？我回不去北方了。好，我也出家，山寺的老和尚不收留，別處我也找的到。還有一著，我寫一封信告訴母親，你既然出家無家，我為什麼不來一個永久的飄泊？從此後我也同他們斷絕了關係，死活一堆，那麼辦，難道我就不對……你說怎麼樣……」

他被大哥這一套軟中硬的利害話說的答覆不上一個字，末後訥訥地說：「……半年……」

「哈？半年，回頭是岸，還爭什麼早晚？你，好一個懂得禪機的和尚！半年與十年有什麼分別……堅石，你給我下一句轉語！」

這是他離開北方後頭一次聽見人很親切地叫他的舊名字——堅石。到這時，他更一無所主了，任憑有世事經驗的大哥好說歹說，自己只好暗暗的喝著苦酒。

火車盡在路上奏著沉重的調諧的音樂，矮矮身段，兩道濃眉的大哥還是繼續著吸香菸，與昨天的縱談簡直成了兩個人。

堅石茫然地看東窗外冬郊的風景，腦子中亂雜重複地演著那些影片。說不出自己應該哭還應傻笑？至於省城中青年朋友的消息與他們的活動情形，大哥自然說不清，自己更無閒心去問他們了！對於回去的將來自己卻沒了主意！——他這時如同一個被人的牽引的傀儡，不說話也沒了行動的自由。

十一

十二

不過八個月的時間，堅石由學生而出家，由出家而返家，這個有趣的消息在省城與堅石的家鄉都傳遍了。不少的老年的與中年的堅石的親戚，族人，他們提起來便帶著若有先見之明的諷刺口吻說：「年輕人，簡直越上學越掌不住心眼！花錢買來的神經病！」或者更嚴重的批評便是：「在這個邪說橫行的時代，千萬須要加緊地約束孩子，他不是一個榜樣？」由這些所謂鄉評的傳布，居然有好多人家，本來可以打發年輕學生出外讀書的，卻打了退回。不過藉堅石偶然的事情作口實，實在那一般人把一個小孩子看做他們的所有品，要好好保護，好好藏起來的想法原在他們的意識之中。自從聽說北京學生結夥成群，焚燒什麼總長的公館，公開集會，對政府示威要求，甚至連外國人也沒放在眼裡，這些事已經使那些謹慎服從的上年紀的人們提起來搖頭長嘆，至於學生被捉或者判罪，那更使他們駭然了！

自從堅石返俗以後，凡是在同一縣城與鄉村間住的人家，有孩子在外頭入校的，

十二

都擔承了一份心事。若是這學生是結了婚的，他的家長更加提心吊膽，縱然不至於立刻把孩子叫回家來守著他，然而總是委絕不下，有人卻另有所見：眼看著多少抓點小權柄，一月中混著一百八十差事的新官都是從學堂中出身，不要說是為能夠向裡抓錢與多認識人物起見，就是為了光大門戶，傳統地要保持他們那些讀書門第，「官」是不宜於幾代下去沒有的。雖沒了從前的勢派——大轎，行傘，紅黑帽子葫蘆鞭，那許多法寶，固然說是取銷了，不過可以見見地方官，說點公事，在家有資格作紳士，出外到處有的是朋友拉攏，贏得別人不敢小看，而且贈一句某人家到底是「世代書香」，講什麼用到用不到的問題……有這些希望橫在他們的心頭，所以心雖是放不開；雖是也怕弄一個波及的罪名在身上，而懷抱著野心的父母們仍舊在風雨飄搖中盼望他們的子弟能夠在這裡頭打一個滾身。更有大志的，（那自然十個裡碰不到一個）在想著世亂出英雄，與時勢造英雄的實現，不但不主張子弟的學程就此打住；他還僥倖地認為這是小孩子們有為的機會。但這樣的家長多半是屬於當年維新派，革命派的分子，由其本身過去的經驗，他懂得亞聖的「雖有磁基，不如乘時」的定論，一心情願有能幹的孩子可以繼續完成自己的大志。再來一次乘時的「風虎雲龍」的事業，自己便可以滿足了更大的占有欲……

不過有這麼深遠打算的家長們究居少數，而多數的人家對於在這個大時代中的青年孩子們不免引為慮憂，成了他們談話的資料。

堅鐵——堅石的大哥，自從費了不少力氣把出家的兄弟找回來交付於母親及他的妻以後，雖然仍見他時常不高興，見人老是「沒有什麼沒有什麼……」地說著，但是一想到未來，便不由地把自己那對距離原是很近的眉頭緊緊地鎖起來。他在民國三年已從商業專門學校畢業了，原想投身於銀行公司中學習成一個新商人。好在像他這樣所謂耕讀人家中另闢一條生路。但碰來碰去，銀行中投不進去，新公司情願收方離私塾的學徒，卻不願僱有新商業知識的學生作小職員。在外縣任過中學教員，所教的功課是英文讀本，與文法，這與他專學的簿記關稅等等毫無關係，起初他咬住牙想等待時機，所以偷閒還去翻閱那類的講義，書籍，經過了兩三年後，他有種種的證明，知道此路不通了！因為許多同學在學校中是拚命記原則，習算碼，爭分數，凡是在初次革命後投考這個新式專門學校的，誰也有決意改行的本心。——由士而商，混一碗終身可靠的飯。他們不像有志於官的，研究法政的學生，趾高氣揚……但離開學校，試驗才撥開了各個青年心中的茅塞。他們才知道這古老的，不進步的，只是口頭上改革的國家是什麼現象。眼看著那些走捷徑的法政學生：有的在各衙門中辦公事，有的

十二

往審判廳做學習書記，有的藉了那張文憑可以到各縣中去包辦選舉，弄什麼省議員縣議員的位置，到處都可以肩出代表民意的招牌，演說，打電，好不熱鬧。相形之下，同是一個時期得到專門學校文憑的，這資格，放到社會的那個角落裡人家都瞧不起。於是個人只好自尋生路了。自然，類如在煤礦公司，商埠局，那些有點交易性質的地方作一名會計員，已經是用其所學了。可是在一個省份裡這種合宜的事能有多少，有的事類如中學高小的英文算學教員，報館裡的庶務，校對，教私館，給律師充私人會計，這便是同學的職業。辛苦幾年的學業有什麼相干……所以在外縣飄流了兩年，堅鐵已絕意於商業一途，從此把那些中英文的講義鎖在箱子裡再也不想啟封了。

他回到家鄉因為大家的推重辦理小學教育，彷彿變成一個小學教育家。終天與那些年輕教員們研究些課程，教科，材料等等問題，有工夫還得對付這種社會上的出頭人。在鄉下，又是他們這一個大族聚族而居的根本地，老人，紳士，鄉里中的俠少，都需要分一番精神同他們敷衍。如果只能埋首在學校中，那麼諸事便有些掣肘。堅鐵在年輕時已受過不少的磨練，近幾年中他既沒有什麼野心，又不能夠與這樣的社會脫離，於是便用到他的對付的手法。

堅石的出走給他以重大的打擊，終於親身找回他來，自覺對於母親與弟婦的責任可以完全交代得下。以後，這怪僻的兄弟再打什麼主意與自己無關。不過他的經驗曾教與他許多的機巧，他明白，堅石不能長久伏在鄉間作在家的和尚，然而有法子能改變他這份狂熱青年的心理麼？雖然相差不過十年，時代變得太快，自己不容易推測這個學生在未來預備怎麼樣。

這一下午，他在小學校中把一班畢業學生的表冊造好，預備呈報，又吩咐一個老校役幫同學生掘地，栽花。話還沒有說完，恰好進來了一個光頭赤足的小孩子，堅鐵認得他是身木家中的小聽差，便問道：

「有事？省城中信到了麼？」

「我不知道，姨太叫我來請你，一些人在那裡，你家二爺，還有貢大爺……」

「啊！那像有事商量，說不定真有信來。你先去，說就到！」

小聽差轉身出了學校，堅鐵在辦公室的門口右手裡捻弄著一支鉛筆，先想想這又是什麼事？連貢大爺在那裡，怕不是身木在省城中惹了亂子吧……這孩子也是個死心眼可不同堅石能打退堂鼓，他有股楞勁，不碰著火頭覺不出熱來。快有兩年沒到家……論起來，他這全家一敗塗地的情形也應分出兩個人才振作振作，不過現在要奮鬥，免不掉的是危險……堅鐵年紀三十五六歲了，社會的經驗早把他拉到中年後的世

十二

俗的思想之中，何況他幼小時經過了不少的困難：讀書時的拮据，與畢業後的謀生，他已經深深地嘗到人間味了。經驗的教訓使他不得不做一個安穩縝密的老成人，因此他對於自己的兄弟與族中青年子弟在這新潮流中的動盪，十分掛心。他也希望能出幾個「後起之秀」，比自己這一起的老青年勝過多多。

為家庭，與一個大家族上設想，他明白這是一種狹隘的道路，與時代的喊呼：什麼民本主義，個人解放的精神，人道自由等等的話相去好遠，然而他沒有時間，並且沒有餘力去向這些好名詞貢獻自己的熱誠了。他只能就事論事，在小範圍中作打算。

身木與他既是同族的兄弟，因為當初身木的父親死後，那份複雜的家庭勢非分開過支持不了，堅鐵是給他們主持分居的一個重要人物。向來為身木全家信得過，所以他這時聽見身木的母親叫他，他便猜到又是為這個小兄弟在外面的事。

究竟還不明白為什麼，自己預備的話無從想起，只是皺皺眉頭從衣架上摋下了一件灰布長衫披在身上向外走去。

沿了校園的牆根踏在輕鬆的土地上，他感到初夏的煩熱。校園中幾顆紫荊枝樹子探到牆外，已經是只有幾點殘花附在枝上了。濃密的綠柳蔭中更顯得這殘花的可憐！突然，他記起每年年底他給人家寫年對——貼在書房成小園門的句子是：「荊樹有花兄弟樂，」……再想下句，怎麼也記不起來。不過就是這一句已觸到他的心事。他搖搖頭，從柳蔭中仰望晴明的空中，幾隻小燕子斜著飛過去，啁啾地互相追逐。距離校園不遠，有一片菜園，種菜的農人抱著用轆轳提上的大水桶，勇猛地向菜畦中灌放。

繞著菜園，從小巷子裡轉到大街，又轉兩個拐彎便到了身木家的門首。他一瞧見破瓦的大門，瓦縫裡滿長了些茸草，與漆色剝落的兩扇破門，他覺得特別不高興！在平常看慣了不感到怎樣，可是今年，他對於一切的東西都容易生厭。還認得十歲左右時候隨了父親到這個大家庭中吃年節酒，那時在門口的光景：紅綵綢，提燈；彩畫的門神十分活現，自己膽小還不敢正看，客廳中講究的桌椅，披墊，彩玻璃燈，穿長袍馬褂的僕人，豐盛的筵席……

他雖在片刻中回想著，而走熟了的腳步已經步入小屏門到身木家的院子中了。深長的走道中沒遇見一個人，他覺得痛快！原來這個大家庭分成了五六家人家各據一個院落，卻共走那個破舊的大門。堅鐵是怕遇到那幾家的兄弟，子，見面不是說窮，就得嘆氣，求幫，不是一回兩回了，他難於應付。所以每經過往身木院子去的走道總是很在意地躡手躡腳地過去。

破碎的方磚砌成的堂院，細草，青苔占了不少的地方，有幾竿黃竹子遮住一個木

十二

花格子的大窗。他沒等得掀開竹簾子，裡邊的人早看清楚了，首先是好高聲喊叫的貢大爺叫道：

「好了，請得校長……智囊到了。這就好拿主意。」

隨了這高叫的聲音堅鐵已走進屋子來，正是身木的母親，貢大爺還有穿件肥大衣服踏著厚布底鞋的堅石，都坐在這間黑沉沉的大屋子裡。身木的小兄弟卻立在官桌子邊玩弄黑烏木牌。

「大熱的天，請你來——校長……」身木的母親到這裡多少年了，口音總還帶著福建的土音，說起話來有點費力。

貢大爺，不等得坐在方藤大椅子上的老太太把話說完，他按照向來的習慣用兩隻手一齊用力拍著膝蓋，即時跳起來道：

「我說堅鐵……我說……哎……說總是不信！兩者之間，怎麼好？怎麼好……」

他的面孔都漲紅了，不多的幾根黃鬚子因為說話主唇皮的顫動，它們彷彿也在躍動。常是像用白眼珠看人的眼光浮罩上一層著急的熱情。

「安大哥，怎麼啦？說了半天為的什麼？」堅鐵一面快快脫去長衫一面檢個坐位坐下問。

「怎麼？不是……你也算做一個教育中人。不論大小，有的是應該——應，應該教導年輕人的責任。你……你看：咱族中那些無法無天的孩子們，鬧……一個勁兒鬧！類如堅石……類如巽甫……不，桐葉村的巽甫……你還有什麼不明白……」

他慷慨地說了一大段，愈著急話愈說不清，把小時候的口吃病都說犯了。這是他的老毛病，他來回在房子中間轉了幾個圈子，用眼角斜瞅著舊籐椅上上半欹的堅石，堅石卻不作理會，手裡拿了一本線裝書彷彿是在看的出神。

堅鐵進房子來聽了這些話，其實還不曾了解究竟事情如何發生，他蹙蹙濃眉頭，半笑著。

「好，安大哥，人家說大老爺多是糊塗官，喂！難道不是？你為著急，可是身木到底闖了什麼大亂子呀？」

「這不用我說，你看，桌子上的掛號信。——作下了，找著一家人！」

堅鐵從紅木小圓桌上把那個白洋紙的信封拿過來，抽開匆匆地看過一遍方才瞭然。原來這是巽甫給身木小兄弟的一封簡信，上面只是略略敘說身木在學生聯合會辦的新劇場中守門，因為劇情的激烈受了警察的取締，他們不服從，爭鬥起來——身木在前年學生遊行中已經與警察鬧過，結果是在警察所拘留了一夜，不料他這次更為憤

十二

激。警察原來認得他，便不客氣地了去。一共三十幾個學生，聽說這次不比從前，一定得賞給這些小孩子一個罪名，不能輕輕地關上幾天就容易放出來，巽甫信上的話至此為止，並沒有提到如何去拯救這熱情的年輕人或者囑咐家中怎麼去想方法。雖是給身木的小兄弟的，這很明白也是給他的寡母一個通知。

堅鐵看完信後，把信封反來覆去在手指間折疊著，不做聲，眉頭仍然用力蹙起來。堅石更是安靜，若無其事地看著書本子，安大哥吸著旱菸，將厚脊背靠住牆，竭力忍著不先說話。

身木的母親雖然是將近五十歲的人了，幸而她從前同身木的在外遊宦的父親經過不少事，還不至於十分驚惶，著勉強笑著對堅鐵說：

「你看，這又怎麼辦？孩子的不爭氣，胡鬧，我還——說什麼。事情打到頭上，在家中的人，校長，你常辦事，是個明白人，你想，咱們應該怎麼樣……」

堅鐵一看過這封信，他早已猜明請了自己來的意思，這回經身木的母親這麼說，他想不出答覆的話來，便回頭對堅石道：

「你看怎麼辦？省城學生界的情形你自然比在家的人誰也熟悉。」

堅石手中的書本子沒曾翻過一點點，仍然遮著半邊臉，輕輕地答道：

「不知道——我不是早已逃脫開了。我不與他們通信——我也不去想……大哥，你不明白，還問我！」他的話不再多說，聲音是那麼輕，似乎一個病人勉強回答問病者的招應話。

安大哥——就是小聽差叫他做貢大爺的——就深深地壓下一口氣，又重重地從鼻孔裡噴出來，向堅鐵正色道：

「你弟兄夠得上『難兄難弟！』你懂得——懂得姨太請咱們來幹麼？為的唱雙簧？我——這老大哥誰都不理會，管他是小兄弟，子行，我就不會玩手法。年青人學得真乖巧，落下樹葉怕打破頭，什麼事只推得乾乾淨淨。巽甫，這莫名其妙的信，堅石的回答，真是一對——真是新青年的代表！哎！佩服了，佩服了——而且佩服得很！這便是中國新教育的效果……中國不亡……」

堅鐵看這位老大哥真的骨突起老嘴來要生大氣，他便立起來，一手揚著那封小小的書信道：

「別忙，老大哥，你不是還沒把我加入這個定案嗎？不管他們——你再說得響亮些，近處的也聽不到，不要說發信的人了。商量商量看，我想現在雖然對學生比前兩年嚴厲些，還不怎麼樣。瞎著急也不成。身木不是十歲八歲了，日後他自然知道輕

十二

重，巽甫未必有別的意思，不能不對姨太告訴一句，卻是好意。省城還有幾個人，不會白瞅著這年輕的受。大約不過十天，八日——多說，準會放出來。這次倒不用操心，但在日後呢？不敢具結！身木弟的勁頭大，不是往回頭走的人，你想不是，老大哥？」

「哼！倒底大幾歲年紀了，姨太，堅鐵說的是有見識的話，也許這次沒有什麼大不了。——好在他今年便畢業，是個關鍵，去年我在省城同他談過，志氣很高，一點不憂慮。校長，你該比較比較，『對親不說假話』，比較比較他們這三個：——身木，巽甫，還有這位出家的老弟！」

身木母親點點頭，眉毛上的皺摺一絲都沒曾展開，堅鐵來回在磚地上踱著方步。

「喂！這又來了你的心眼了。親兄弟不敢評一句，太世故了，我來替你說：身木毅力皆大，倒是個敢作敢當的青年，不免魯莽些。有時就令人著急。講公道話。我這份脾氣至老還壓不下，說什麼年輕人。巽甫呢，我這幾年沒有機會同他見面，去年比這時候還晚，走路到一處。精明是有的，但膽力似乎不如身木，深沉便深沉的多了。你還不知道他向來做事不露一點點鋒芒……末後，當面說說你！——堅石，心有餘而力不足，志大而慮疏……呵呵，話也不可說得太過分了，還公平吧？想想。」

經過堅鐵的一番解釋，把這位暴燥的安大哥安慰住了。這時他倒不亟亟於商量身木的未來事，反而從容不迫地評論各個青年的性格了。

說到身木的未來，這個久經世變的母親懷了滿腹的抑鬱，卻難於說出。自從身木的父親死後，他們這一家人口弄得分崩離析，眼看著二三兩房日子都難於過下去，幸虧自己把得住，努力想教孩子們入學校讀書，只盼望我們各有一份謀生的技能就算心足。但最大的，自己的男孩中學還沒畢業便碰到這個時代，以至於兩次被警察拘留。雖然明白是不關重要，也由不得心中酸苦。聽了安大哥的讚美話，更對於這孩子的未來毫無把握。不知要怎樣好，忍不住淚珠由眼角流下來。

安大哥正在很高興地好發揮他的人物的評論，但看見身木的母親在一旁流眼淚，他不覺得把話縮回去了。堅鐵無聊地燃著一支香菸，慢慢說：

「未來的事，我想起身木，你別瞧他年輕，他打的計畫也許比我們都高，他比不的堅石——我想還是老哥趕快發書信與省城中的熟人，能早把他弄出來，勸他回家與姨太當面談談，畢業後怎麼升學。只談未來，誰也沒注意。」

他的話一句句地說的那麼慢，可是每個字都像很用氣力擲到堅石身上。但堅石自從答覆過那幾句話後再不開口，任憑安大哥與堅鐵的嘲諷，他毫不在意。

身木的母親用手絹揉揉眼角低頭想自己的心事。堅鐵盡吸著香菸向空中噴煙圈，

十二

安大哥卻耐忍不住了，彎著身子向堅石手中看。

「裝傻！你到學會了養氣的工夫……什麼書值得這麼入迷？」

堅石正坐起來，擦擦光頭。

「老大哥，對呀……『剩一片大地白茫茫，多乾淨！』……『此亦一是非，那亦一是非』我不傻，把聰明往哪裡用？」他的神情是那樣的平靜，絕沒現出由煩悶而說起話的態度。

「好！」安大哥雙手一拍湘妃竹的短菸管，拍達一聲從手指中間順到地上。

「好……你們看，一個和尚不去修行，入迷地讀《紅樓夢》，真使人佩服……罵老頭子……新青年，堅鐵校長，咱想想這是什麼世界！」

堅鐵立在有暗影的窗前，點點頭：「值得大驚小怪，不是一個勁提倡用『紅樓』『水滸』作國文教科書？學生複習舊課也很順理……再說，和尚讀……你老糊塗了，寶玉是個什麼樣的人？」

他說出這句話，連方在抹眼淚的身木的母親也笑了，安大哥抿抿嘴唇道：

「好口才……『難兄難弟』！」

堅石仍然十分平靜地坐在籐椅上直望著窗外的瘦竹子，不笑，也不動氣。

十三

從這一年的秋天起，巽甫才算找到一個小小的位置。本來他把工業專門的四年功課交代下來，不過閒了四個月，因為他伯父的老熟人關係，在省城的路政局的測繪部中添個名字，每月可以支幾十塊錢。在他自己說來可謂是用其所學，但他終天卻另作打算。

不易分清是時代把他激動的不能安靜任職，還是自己另有何等的更高的慾望？雖然靠著鐘點把事務混過去，他可忙得利害，連星期天許多人也不容易找得到，自然，表面上看去他已離開學生生活了，不過他並不同那局子中的人員有多大來往，常是一個人跑來跑去，行蹤又像是很祕密。於是同事們都愛叫他「神祕家」。

已經是初冬的天氣了，星期六的一個下午，有勁的北風在院子中掃除土地上的死葉，天是頹喪地陰沉，在沒生火的大屋子裡人人穿了薄綿袍子，冷冷地俯在各人的公事桌上作工。巽甫這天連午飯也在這裡吃的，為趕著繪一個平面圖，預備後天用藥紙

十三

晒出來，他加勁地忙。趁五點以前可以辦理清楚。這一屋子中橫豎擺了幾粒奶油色的木案，他的同科的人皆可一處。獨有科長另有辦公室。所以雖是工作著還不礙低聲談話。

除掉一個年紀五十以外的錄事，別位都在中年。年紀最輕的巽甫，他對於繪圖算是生手，但他在職務內的工作十分用心，成績又快，別位雖有時不免對新學生輕看，然巽甫的努力也引起他們的讚嘆。

「老巽，下班後幹嘛？今兒個不是Sunday嗎？你來了一個多月，還沒同大夥兒玩一次。」

在巽甫身後一位頂調皮的年輕科員，用手指敲著三角板向他說，並沒抬頭。

「蹩扭什麼！老爺！人家是一塊天真未鑿的……那會同你這街猾子一處玩。」一個角落裡另一個人的回答。

「咦！街猾子？在這地方該樂一樂的還不去找？難道真為一月四十元作奴隸！剩下來背不進棺材去——我看透了，一生一世，吃點，玩點——找找樂，是占頂頂的便宜！像咱——我說，老巽可不見得在內——你還想熬成局長。廳長，做大官，發橫財？白瞧著人家眼熱！老老實實說：咱們原是『和稀泥』，過一天算一天，到咱們這年紀，還當學生時候的黃金夢？罷咱……」

這帶近視鏡年紀輕的小夥說話是十分不在乎，雖是聲音低而音調的抑揚叫人聽去他彷彿在口上弄著寫意的音樂。在角落上坐著抄寫文件的禿了前頂的先生搖搖頭，打了一個大聲的噴嚏。

「壞透了的孩子！小小年紀說話多麼喪氣，心眼偏向占便宜處走。幸虧你也做不了大官，到那時候地皮大概真得刮到骨頭……」

「端老大你這假牌的道學家，當著人前一付面孔，人後又一付，你憑心說，咱這『衙門』中那個頂會……頂會巴結？那個頂會弄一些玄虛？永遠在大家裡占上風？那個頂會吃，喝，玩樂的拿手戲？你這……不說了。你當老巽人家新來乍到的，吃不透你的味？噓……」他竟然毫不客氣地說了一大段，口上又吹起口哨來。

巽甫起初不想說什麼話，及至聽到街猾子這些刻薄話，真的怕那一位吃不住反了臉，爭吵起來。便放下手中的工具，回過頭，要分解幾句。恰好禿頭偏過的臉向著正在輕吹口哨的那位，巽甫的目光正與他碰到一處。禿頭用的大手指抹抹嘴角，做寫成的八字式，意思是自己年紀大得多，不犯著與小夥子爭論，遂即正經地嘆一口氣。

「『兄弟鬩於牆！』」年輕人老是得弄這一套把戲，火氣那麼旺，實在仍然轉不出老圈子去，口裡硬，腸子卻更會打彎；比年紀大的變的更好……同行不是外人，巽甫也

十三

不能見怪。咱們就是這麼過日子，不，你瞧怎麼能幹活？話說回頭，今天破一回例，巽甫我來做東道，賞一次光！咱們幾個人去吃一頓華福樓的羊肉，不多花，三塊——不過這個數，三塊平的自抹刀。街猾子，咱言歸於好，你去幫幫老哥向老鄉討個人情，各位是不是……」

巽甫沒等的答覆，另外兩位不約而同地立起來叫一聲「好！」其中有一位說：「不成，四個人拉一個，夾也得把老巽夾了去，吃完羊肉另講……」

街猾子這時再不說話，笑咪咪地一雙小而輕靈的眼睛向禿頭的頭頂上打轉，驟然，清冷冷的大屋子中感到活氣。巽甫皺皺眉要說話，接著皮鞋聲登登的從窗外廊檐下走過，特別到了窗外用力咳嗽了一聲，禿頭向大家擺擺手，各人重複俯在木案上工作起來。巽甫的話也只好嚥下去。

就在這整個的晚上，巽甫得了這少有的機會，稱量過同科先生們的靈魂有多重。他自己的也許被人稱量了去，他顧慮什麼呢？

快半夜了，一個人戴著昏暈的腦子在冷風中跑步。他計算得很清：去東門裡華福樓；——出華福樓穿了不少的巷子：喝茶，玩笑，吃水果，聽胡琴，再走——出大西門，馬路兩旁的電燈光像鬼火似的一跳跳在眼前引逗；——緯四路——小緯六路，又一套喝茶，玩笑——吐，兩個同事醉得碰頭，滿地上是酒浸羊肉的騷，汽車，有人花兩塊送回去。——末後，出了那個黑漆門衝著冷風還與禿頭道謝，誰不管誰，來不及了，疲勞與興盡，兩輛街上的人力車分開把這個寶貝運走。一上車子頭都俯在一邊，車伕笑著得意，即時閃入車群，不知去向，剩下了自己在夜半的街上亂逛著，不知往哪裡去好。但他在紛擾後再試到酒力的興奮，又跑了幾個鐘頭，覺得一股熱力從頭頂直達腳心，被冷風吹撲著十分清爽。他想，有這一次的經驗，除了測繪方法的實習以外，他能得到的也夠上豐富了。「生活不只是在冷屋子死抱書本可以體貼出的。」「社會才是生活的陳列館」。一點不錯，這一批的職員有他們的人生，確實也有他們的苦痛！街猾子的聰明，禿頭的練達⋯⋯還有別人都是小角落中的人才，為什麼他們脫離開當年的學校便會變成這樣？無可無不可，昏天黑地的狀態⋯⋯還有別的人，民國初年的志士，差不多的都沉默安靜下去，壞點的簡直成了當年他自己談論主義的敵人⋯⋯再想到近幾年，更快，更變化得異樣，不過才三四個年頭，乖覺的青年已經學會了乘時找路子的方法。真是聰明人的敲門磚俯拾即是，好聽的名詞青年的傻子才真上當⋯⋯

他被酒力薰蒸著，把積存於記憶中的不平事亂無條理地映現出來。自己也感到有

十三

些異樣。平日那麼冷靜，那麼瞧不起任何人，何以在這夜半的馬路上為那些瑣碎的事引起自己的感憤？明知道這個衰老民族的病根不是一陣運動，一陣喊叫便能夠重新都向光明的道路上整齊腳步，那不可能！從打仗的前敵上抽身脫逃；藉了人家正在肉搏的機會玩玩手法，占小便宜，以及坐山看虎鬥，到時好大利雙收。明地裡面脖子粗，剛回頭便掉槍花；更有善於因勢乘便的，是憑藉了時代的招牌出風頭，弄金手，開交際的方便門子，正是從此便一帆風順了！然而這些清不出骨頭來的人——這樣是時代先鋒，幹嘛？好的說為自己開路，不好的呢……有幾個是……巽甫沿著冷冷清清的店鋪的木門外走，一步像是踏一個有刺的疾藜，偶然想起來卻放不下。

「怪不得堅石受了激刺，灰心成那種樣子……但大家都如此更壞……老佟，金剛這般人自然是在暗中向硬了，他們從學會中分出去，另有組織……」

這時他已轉過緯一路，由十王殿的舊址南來，快到大西門了，西門外審判廳的門首那個不明的圓燈球射出陰慘的光輝，兩個巡邏警察步伐整肅地慢慢從東面走過來。

巽甫的酒力早已退了，渴得利害，在初冷的北風中打了一個寒噤。望望那個莊嚴的施行法律的門口與警察的身影，又不禁多少有點眩暈。他突然記起了去年夏天與伯父談話的光景，那老人供給自己的學資，只盼望到時畢業能夠好好穩拿一份薪水，作一個良善的青年，他對自己不希望做什麼大事業，本來能混的下去，穿衣，吃飯，還可以使家中從容一點，為什麼去多費心思，多管閒事？難道這全國家全民族的大事憑自己便挽得過來嗎？說不定，善良下去，日後還有更好的機會……

他為伯父設想又盡力把自己的思想排除開，從世俗上看待自己，他那原是堅忍的心腸，也有點活動了。

裝作從容的腳步，與警察正走個對頭。挨身過去，他捏一把汗，想如果他們問時，便就老老實實拿出局員的身分來，不客氣地同他們說：星期六到城外玩的。不料兩個警察看看他穿得很整齊，又那麼從容，居然不是毛頭毛腦的學生脾氣，輕輕地飄一眼便往西去了。

未進大西門以前，在護城橋上他喊了一輛車子坐進城去。

到他的寓所時快一點了，叫開大門進去，在住屋門縫上塞著一封小小的書信。他抽過來，就屋子中的煤油燈下看，原來是用圓符具名的兩個字，是：

「巽甫，明天星期日，無事早十點到東巷寓所，有要事面談。圓符具。」

他知道圓符是個忙人，沒有特別的事一定不會專人來招呼的。

這一夜他做了許多紛亂的夢。

十三

十四

「我知道還有別的人，不過我是決定約你同行！這是個稀有的機會，先要看你的膽力如何，你懂得，這件事我說話的力量最大。無論如何……」

「就這樣快？頂好另找一位去，如找得到，我是沒有準想去的心思。」巽甫眼對著坐在帆木大椅上的圓符正經地說。

圓符快近四十歲了，短髮，黃瘦的面孔，眼眶很深，從近視鏡中透出那兩份有力的眼光，照在人身上——經他一看，簡直可以把人的魂靈也看穿一般的銳利，一雙微微破了尖的黑皮鞋在他的腳下輕輕踏動。他臉上毫無表情，既不興奮，也不急悶。他的一對眼睛看到那裡，彷彿那裡就馬上生出破綻。巽甫對於他向來不能說謊話。為他原來具備著敏銳的觀察力，又富有組織的幹才，是一個機會他隨手便能的過來，交換利用。比許多中年人來得敏捷多了，又加上從前清末到現在的社會經驗，一方是增加了他有為於世的野心：一方是擴展開他的組織的——作領袖的才能。所以雖然這是一

十四

個新時代了，他能以利用時機與得到同情與機會的需要，在這個大城中，暗地裡對於許多青年不失領導的地位。有報紙容納青年的文章，有書報社給青年流通消息，有豐富的經驗可以幫助青年們的運動——總之，他在新青年中有他的力量。

「凡事決而不斷，斷而不行能成？一輩子沒出息！不是外人我才同你說這樣的切己……！怪！怎樣年輕人老是畏首畏尾，這可真沒有辦法……

「我記得我加入同盟會時比你們年紀小，約當身木的年齡吧。那時簡直是大逆不道，亡命叛徒！」

主人說到這裡且不續說下去，端正地坐起來，對巽甫直看，等待他的答覆。

話裡明明有刺，雖是比較算深沉的巽甫不自覺地臉上一陣發燒，接著緩緩答道：

「不是……不是畏首畏尾！我怕像我沒有什麼用。講到這個，還是老佟——你也認得——他好得多，有研究，有毅力……」

「不！」圓符把小桌上的花茶杯端起來呷了一口，「不，巽甫，我觀察人的本事，不誇口，相信不會大錯！老佟是幹才，與你不同。——因此我不能與他同行可不是嫉妒；笑話了，我還同年輕人去爭功？你相信，用不到解釋我另有意思，頗為複雜，現在不能談。一句話，你走不走？給我答覆。日子定了，不能再遲疑下去，別人都說妥了，只有你，只有你！」

末後的三個字語音強重，他對紅了臉的巽甫一瞬不瞬地直看。巽甫從斜面避開他的眼光，微微偏過頭來，答覆：

「容我想……」

還有一個想字沒說出口，圓符即時在略有皺紋的嘴角上堆出從容的微笑，「好，你想！只有今天，明天絕早你要給我確切的回答。一個禮拜後動身，好在是你去不去用不到避諱。」

「是的。」巽甫這兩個字答應得有點吃力。

久有經歷的圓符這時已有了把握，便不催迫巽甫了。很不在意地同他談著這次遠行的目的，與觀察的注意點，以及民黨要竭力組織，恢復從前的光榮與革命的計畫。他毫不猶預地對這個青年人敘說，彷彿是與老黨員相談一樣。

他說：「五四，五四，五四是近代中國文化史上的一個轉關。他們也把文藝復興作比擬，其實這個重大事件內面的骨子還是政治問題。我是幹這一行的，中國政治的不清明便永無辦法，枝枝節節的提倡，受不住惡勢力的湮沒……所以想著三民主義的復興，我個人認為是中國未來的大路。——尤其是民生，你該看過建設雜誌吧……這

十四

次我們祕密到那裡走一趟，並不是盲目地信從。到底要看清楚那個國度是怎麼辦的，與辦的什麼事？巽甫，你會覺得我是想依附老勢力作活動？哼！老勢力在哪裡？民黨正預備著一個重行振作的大計畫，要改黨，造黨，這時機再好不過。我是與黨有歷史的。——再一說，為民眾也得幹一下，你對於政治問題並不是沒有研究，主張，放開一邊，先去藉機會看看光景……知人知彼……」

他約略地談到這幾句話，便突然中止了。他說時態度是從容，鄭重，像在群眾中演說一樣，只差是聲音低些。

巽甫對於這些事自然也明白，現在他心裡委絕不下的是去一趟能夠看看這地方的情形，無論好歹，不是於自己沒有益處，但所謂民黨革命的勢力在將來有無把握？圓符正是一頭沉的主義，他在這個大城中站不住腳，任何地方也能去，類如廣東，上海。自己呢？不過是個熱心的青年學生，羽毛在哪裡？這件事對於自己的未來確有關係，去了，回來呢？革命如鬧不成功，還有自己的去處？再就是為什麼這位政治家不把主張最激烈的老佟約了去，單挑出自己來……

他一面聽著圓符的滔滔議論，一面用手拈弄著小桌子上的香菸盒，紛擾地尋思。

突然，那政治家另換了一個問題道：「巽甫，近來見到義修沒有？我這裡久不見他了。雖是在報館裡編副刊，可是我不去報館便碰不到他……」

巽甫明白這是圓符怕自己想剛才所說的事件過於沉悶了，所以另找到一個談話的材料。

「嘔！義修，他自從去年畢業之後，要停一年再升學，這就是有一點原因的，你不知道？」

提到這位新文學者，巽甫也覺得口角上添加了不少的活氣。

「我當然不如你們清楚，不是為戀愛？他——義修準會掉在戀愛的坑裡去。」

「坑不坑可不敢說，他不升學正是留以有待。」巽甫笑了。

「留以有待？這，我倒不明白，待什麼？」

「待到下年人家畢業後一同去升學呀。」

「啊！原來如此，同誰？是不是密司……」

「大概沒有第二個，義修真也能，他會找自己的陶醉。」巽甫這兩句話有點譏諷，卻也有點羨慕。

「這不容易！你們這些份子講戀愛不是很難吧？」政治家也感到這樣問題的有趣，臉上的顏色安和了不少。

十四

巽甫搖搖頭，「不一樣，像我便講不成這類玩意。」

「說到家的話，義修未免名士氣的厲害，雖然我不反對青年人弄什麼戀愛的玄虛。」

政治家彷彿還有一套對義修的評論，布簾子掀動，一個聽差的挨進來，手中攥了一疊的名片說：

「外面有教育聯合會的幾位代表，還有省議會人都等著見。」

巽甫趁著這個機會便走出來。

圓符待他走到門口，還囑咐了一句：「明天早上見，在你上班以前。」

十五

經過一夜的躊躕，往前發展的希望終戰勝了這位心思縝密的青年的畏縮心理。他決定不通知家中，便隨圓符及幾位青年一同遠走。三天的時間，他想把路政局的小差事辭掉，以及收拾行裝。

局子裡的同事知道巽甫辭差的事都很詫異！尤其是請過客的禿頭先生，他覺得怎麼自己的歷練會輸給這年輕的學生。滿想下一次本錢，日後有個聯絡。還得吃回來。料不到他竟在事先不露聲色，學會了白撞的方法，被他騙了。這一天等著巽甫遞上辭呈，局長傳見他去的時候，禿頭在辦公室中滿臉的不高興，指著巽甫的空坐位向那幾個人道：「咱，八十歲的老娘還不會抱孩子，這小夥會占便宜！快要走了，還擾人，誰再說新畢業的學生沒心眼算是糊塗蟲！」

街猾子這一天有點不快意，為的夜來十六圈小牌竟會輸掉他半個月的薪水，沒得安眠，精神十分頹喪。正沒好氣，聽見素來瞧不起自己的禿頭罵人，他卻得了一個洩

十五

憤的機會。

「喂！老禿，」他把手中的墨水筆一丟，「老禿，你自己情願破財免災，現在可打起算盤來，說這小夥子靈透。誰教你先下的請帖？何況攫你的不止他，人情要做得到大家身上，你是不是在上星期請客專為的一個人？大丈夫別來得悻悻然呀！『宰相腹裡好撐船』，瞧你的，你這點度量，我怕連再升一級的事也不見得……」

他真有點居心挑釁，說的是那樣冷氣冰人，從鼻孔裡還不時哼兩聲。禿頭聽了更加悔恨！

「怎麼啦！這個孩子待你有什麼好處？你倒是舊的不向新的向！罷啦，人家當過堂堂學生會的幹事，有門子走，原來沒看得起你我，淨向臉上搽粉不成呀！什麼人情不人情，度量不度量，上當只有一次。你會巴結，你就同他一堆離開，幹你們的，才是識時務者……」

一屋子的別人聽見禿頭這樣說法便不約的同笑了。當中一位怕他們兩個今兒真說僵了，把話叉開道：

「別為人家自己吵嘴，我看巽甫這一下辭差那麼痛快，什麼話不說，一定是有高就，再不然臨時有事。」

「對，大概你這後一句對了。」街猾子也覺得以前的話太痛快了，教人家方在氣頭上下不來，他多精靈，便藉著話轉了風。

「那麼有什麼事？你猜一猜。」

「可不成，各人的事會漏了風？你別瞧人家是新來乍到，我早明白這孩子在學生界裡打過滾，肚裡有牙，手法也不輕！他不曾打斷與那些曾搗亂的學生往來，在這時候，咱猜不透。」

街猾子用手搔搔頭皮，又怕把分梳得有條理的頭髮弄亂，從懷裡掏出一把小白骨梳子左右梳著。禿頭對著他，從喉嚨裡嗆出一口濃痰吐到辦公桌前的痰盂中去。

在他們這無聊的議論中，巽甫已經見過局長重回到辦公室來，趁便同大家周旋幾句。但一看禿頭用左臂支持著他的光明的頭顱，連頭也不回，街猾子抬頭看了自己一眼，又落到繪圖紙上。大家態度是那麼落寞，便收拾了東西，臨出門向大家說句，「再見！」推開木風門，離了這個怪趣的地方。

走到廊下，聽見屋子中有人笑他，想：「這般人生就的勢利眼，如果我是升官而去，怕他們不來一個豐盛的公餞？」

剛想到這裡，自己也覺得可笑，為什麼同他們計較，不同的人不能合在一起，只好各走各路。雖然這樣想開，而那一個晚上的狂飲與同事們歡叫跑路的情形卻如在目前。

十五

想到酒，他才恍然記起今晚六點半義修在湖旁一家酒樓中的約會。自己要遠行的消息，本來守了圓符的約定，異常祕密，便連義修也不告訴，不知怎麼被他探聽了去。昨天來信請吃飯，並且信上還說：「外有女性一位，找到一間靠湖的清靜房間，盼望屆時準到」云云，這一來，巽甫反不能裝做無事，辜負老朋友的好意了。

回到寓所，胡亂把行李收束了一陣，看看手錶還差半點，正好走了去來得及。天短，太陽的影子早沒了。流行的雲層中一彎冷月在空中徘徊著。他向這間凌亂的寓室巡視了一下，想再過三天便得過旅途的生活了，往後愈遠，愈冷，路上有無岔子不能斷定，也許通不過去，被打了解地……屋子中東一堆西一堆的書籍，與等待整理的衣服，一面小鏡子滿罩著一層土花，小煤爐子中有幾個煤球，卻沒有一點火星。聽院子中北房裡的房東老太太，小姑娘，調皮的男孩子正在爭吵什麼，可是雖在吵，而夾雜著沒奈何的嘆聲，天真的笑語，能明白是這一家人當晚飯前的興致。不大的院子中有幾棵漸漸乾枯的榆樹在晚風中低低輕嘆，映著淡白的月光分外清冷。

時候還不到，他倚了木門呆望著上房中的燈火與大樹影子，把兩隻臂膊交橫在腦骨後面，輕易沒有的淒清的幽感這時也在心中躍動，然而想不出為什麼來。那一段若有所為又似無所為的心思自己便剖解不清。留戀麼？這樣社會，與正在頹落中的家庭，憑說有什麼值得留戀？轉想到一身……既不能安心作事，又不能隨從了世俗忘卻一切，爭鬥，解放，謀中國的自由，民族的重興，實在自己也不敢說一定要從哪裡著手。雖是口頭上比一般新青年咬得硬，但是信力呢？具有鐵一樣的把握麼……

他想到把握的問題，禁不住把在腦後的雙手拳了起來，用力將手指尖往掌中掏入。額上立時有點溼汗。他又想：這次同圓符往那遼遠的國度去，單在路上已經是十分冒險的事。前年不是有北京的兩個學生在那邊界上就被截住，押送回籍麼？何況以後是奇冷的氣候，那厚雪遮蓋的高原，那積冰的大湖，荒林，古舊的村落，飢凍的人民，就他想像所及，只能在空中描畫出這些輪廓。至於什麼政情，他確是無從設想。然就風景與天氣的預想上，他已感到此行的困苦了。「比起吃鍋烤羊肉，聽落子，與女人玩玩怎麼樣？」

回憶到前兩天與局中同事吃酒，叫鬧，比較起來，他向黯淡的門外長長地吐一口氣。

「想什麼！這不是自己的靈性作祟！到此地步，想不是白費！眼前有橫著的河流，

十五

不怕你不自己找渡船，除非是甘心往回路走。想什麼，留戀當得了……」

在痴對著東南角上的冷月，他茫然地想著，竟至把時間忘了。北上房中的舊自鳴鐘懶重地打了一下，他記起這一定是六點半的時間了。反身把門扣起來，鎖上，低頭走出了這家的院門。

十六

到酒樓上，找到了義修預定的房間，問夥計，得到的回答是：「主人家早來了，還有位女客。他們告訴往湖裡坐一回船，就來。你老到時千萬別急！往歷下亭去，不大一會的工夫……」

油光滿面的老夥計一面替巽甫倒茶，一面笑著這麼說，巽甫不覺地也說了一句：

「真好玩！這一刹工夫逛什麼湖！」

「你瞧，先生，今兒個晚上月亮多出色。」這意思居然代替請客的主人辯護了。巽甫無聊地點點頭，老夥計便跑下樓去。

這地方巽甫頗到過幾次，小館子，歷史卻很久，有幾種特別菜，房間不多，靠湖的一面樓有兩間最好。樸素，舊式陳列，還保存著老館子的風味。在春夏間生意興盛，對湖把酒，尤其是雅人們高興的事，但一到冬天便顯出冷落來了。屋子中沒有大鐵爐的設備，從北面湖上吹來的冷風比別處更使人受不住，因此生意便蕭條得多。

十六

巽甫看看只有向北面開的支窗，用厚桑皮紙把上層糊住，下面是整塊大玻璃貼在小方格的窗櫺上。從這裡可以外望有月光的湖面。月光不很亮，水面上有些瘦勁的樹影輕輕搖動，不遠的小碼頭上幾隻沉寂的遊艇，聳在朦朧中，靜聽著岸上斷斷續續的人語。彷彿在另一間小屋裡有人也在吃飯，不多時偶然傳過一兩聲的議論來，卻不甚分明。大約是商量訴訟的事？因為「訟費，發還再審，律師」等名詞時時可聽得到。冷落得厲害，不是為商量這種事，歡喜熱鬧的人在這個時季裡是不大願意到這邊來吃冷飯的。

這一晚，巽甫從局子回到寓所，從寓所忙忙地跑到湖邊的酒樓上，總感到有一般說不出的彆扭氣。到處都現出落寞冷淡的光景；到處都若有一派淒涼肅靜的威力向自己打擊！偏偏是準時到了義修約會的地方，他卻與女朋友逛湖去。想像他，除了性愛之外一切都像不大關心的青年，與自己終是合不攏來。雖然小時候的朋友仍然是有相當的友誼……可是，至於老佟與金剛呢，這一年中與他們走的那麼近，也算得是一派，不過性情上如是有好大的隔閡。老佟為人最厲害，野心也最大，他是口舌如箭心思如鐵鑄的角色，同時，在這城中出風頭的青年誰也不能比。可是他那股冰冷鐵硬的勁兒與自己真有些難於融合。金剛表面上不過是個莽撞孩子，又粗中有細，打先鋒是他，講聯絡也是他，就是火氣重點，動不動只許自己，沒把別人看在眼裡……自己與他們混在一起，思想上或者可說是也有共同之點，友情呢……他想到友情兩字，真感到自己的孤獨！向來是傲視一切的，但在高傲之中深伏下一種頑強的病根，那便是不易與人合作。縱然談論，主張，及至與人實行起來，便覺得處處碰頭。

巽甫的心思就是吃虧在過於縝密，但又不肯在社會中顯露弱點，好強的志願——踏一步在人前頭的走法，他總不讓人。但是在這整個的晚間，不知為了什麼勾起他平常不大注意的嘆，怎麼也難把心事平下去。

「夥計，先送一壺上好花雕來。」他站在又窄又黑的樓梯上口向下喊，接著有人答應了一句。他沒來得及轉身，樓梯下的皮鞋聲已聽得到，義修與一位女子說著話，隨著腳步聲飛上樓梯。

剛剛見面，義修就用手絹擦汗，脫夾駝絨長袍，喊夥計弄菜，一陣亂忙，不但沒來的及與巽甫打招呼，就連站在樓梯口上的那個女子也沒介紹與巽甫。好在巽甫兩年前與這位擅長交際的女學生曾見過幾回，雖沒多說話也不陌生。

到屋子中，巽甫在薄暗的電燈下果然看見義修紅潤的臉上汗氣蒸騰，有點氣喘。巽甫搖搖頭道：

十六

「在密司蕭的當前，我不應該說你，無什麼老是這團高興打不消，人家吃晚飯的時候，你卻溜到湖上去。往好處說麼，是天真，往……」

義修趕急堵住他後面的話：「老巽，你真不留一點點面子？你明知道我是陪密司蕭一同去的，對不對，候你不到只好出去跑跑，誰教你貴忙得連時間都不注意。本來呢，將來是有『貴人』的希望的，無怪忙呀！——來，夥計，快快上菜，不是都預備好了麼！」

那位只是照例稍帶點微笑，話是一個字也不肯多說的密司蕭，側坐在一把靠椅上，既不駁義修的分辯，也不向這將遠行的客人敘話，她從左臂挾持中順手把一本小書取過來，減在漆光的桌上。心思自然不在書上，也不是故意裝作要去看書。她在言語的紛忙中很沉靜地表示出自己的態度大方，安定，從容。似乎即在酒樓前面起了火，成是湖中撞破船隻，她也不願理會一般。

她沒有剪髮，輕輕邊的柔髮在後腦上挽一個圓髻。前額被蓬蓬的短髮蓋住。一雙靈活俏麗的眼，涵著女子特有的聰慧。嘴唇稍稍尖凸，與高高的鼻準配成一個美麗三角形的圖案。她對於這飄灑的義修無論在什麼地方與時間永遠保持著一種不離開又不太親近的相當態度。然而這被牽引的青年人卻時時的對她注意，幾乎把全付精神在她的身上用出來，她只是那樣的平淡，不容易激動也不煩惱。

巽甫早明白義修常常為這等拍拉圖式的戀愛所煩苦，失眠，做情詩，高唱著人生無常，讚美愛的神聖等等。雖然不止為了這一個女孩了，但給他以憧憬不安的，以至於情願晚一年升學的就是為她。

他們吃酒中間，義修顯見出很高興，有她想像的情人也在一邊同坐。覺得這對於將遠適異國的巽甫是有光榮的。他絕不像平時談起話來的態度，反而是欣樂得那麼自然。巽甫對於這位被人稱作浪漫派的朋友原來便有點不十分對勁，這晚上自己的心理那麼不爽快，正反映著他的快活，不由得皺皺眉頭。

「在你這次夠得上是一個『榮行』，不然，人家偏不會來找我。你要幹，這難得的機會不能鬆手呀！你是我們那般朋友中一個深心的人，輕易連哀樂不現於顏色，憑這一點，所以嘍，那個頭目就看上了你……」

義修輕輕地望了密司蕭一眼，意思是把自己巧妙的話徵求她的同意。不料她彷彿並沒聽清楚，用竹箸夾了一塊糟魚片在小磁碟中翻弄，臉上一點表情都沒有。

巽甫接連把酒杯向唇邊堵住，對準義修轉過來的臉。

「來來，廢話少說，我真有點看不起自命為文學家的廢話簍子。為無聊！來，對

十六

杯看，誰喝得多……」

他像沒注意有這麼一位學校之花的文雅小姐裝扮的坐在一邊，說著，一口氣將濃厚的黃色酒呷下去。義修只能陪了半杯。

「怎麼！你這是誠心送行麼？不知道我日後什麼時候再得喝這麼好的花雕，你平日原比我喝得多，幹嘛不痛快陪我……不會醉，我敢保證你這好學生在密司蕭面前不會失儀的，是不是？」

密司蕭想不到這個終天板著面孔好說大問題的巽甫居然能夠毫不拘束，不做作的當著女朋友面前狂飲起來。有點出於她的意外，眼角向義修溜了一下，看他正在不得主意，手指端著杯子只是笑。

「得啦，劉先生說話多爽快，給人家送行，還是往不容易走的遠道跑，不應分喝一場？我討厭人那份做作氣。」

話是平靜中散布著尖利的鋒芒，這彷彿一道金光，閃閃的小箭頭都投到義修的臉上，他不能再遲疑了。

「誰不想喝？我是怕巽甫醉了不好辦，論起送行的意義也應該醉……」

巽甫笑道：「你就是一個矛盾論者，應該喝，又怕醉，找個中間的地方，四平八穩，不是？不喝又不要醉，真的難得。這麼的不偏，不激，這麼中庸的聖賢態度！」

密司蕭聽客人的語鋒老是對義修下攻擊，她明白這是為了什麼。本來請了客人又去逛湖，出於自己的主張，到這時反而使義修說不出答語來，雖然冷靜，也感到這要用點方法了。

「劉先生，給你送行，給你送行送到那麼遼遠的國度去，就是我，陪你一大杯！你可以原諒呀！祝你的身體能以在苦難中奮鬥能從比較中……」她不再往下說了，很平靜地先喝了半杯。

「好，謝謝你的祝意！」巽甫想不到她有這套話，對面看義修更顯得侷促。以後又是義修與巽甫同飲過了，酒力使他們的言談活動一點，巽甫的抑鬱壓下了不少。

義修的情感原是易衝動的，不過初時為了女朋友，自己做作些，被巽甫攻擊了，又怕惹得密司蕭看不起。這時候他漸漸露出本來的態度，敲著碟子的邊緣，低聲說：

「這一走不知什麼時候可以再見，再見也不是以前的我們了！生活的驅迫，分化，誰能定準！巽甫，我以上說的話不是應驗了麼？可是論理正是該當，你不要以為我就得媽媽氣。分別算什麼，痛苦算什麼，前路的遼遠更不算什麼！只是憑這一顆真實的

十六

心。我們投到這個大時代中能說找樂子來的?哎!苦樂平等,親冤一例,未來茫茫,還給他一個未來茫茫!」

他說著,真的兩顆熱淚在眼角上流動。巽甫反而不好同他說玩笑話了。雖然覺得這位富於情感的朋友所說的虛無的結論與事實相去過遠,然而他的話確有點傳感力。自己平常能以忍抑得住,但自這兩天以來也有些恍恍惚惚了。所以一時倒答覆不上別的話,只向著酒杯上凝視。

「你們都批評我是虛無主義者,我哪裡真懂得什麼是虛無主義。個人的感受性在這個時代中不一樣,享樂,吃苦,老巽,你說,咱們兩件都做不到徹底!這才是深深的痛苦。依違其間便成了中庸,新名詞叫做騎牆派。不騎呢?更是『上不在天,下不在田,』無用;能無用到所以然卻也罷了,自己又不能不思,不學將來像我大概是毫無希望的了!能用到正當的思與正當的學上去,我第一個先不敢寫保險票……」

義修喝過幾杯酒後膽力增加了不少,不似初與女朋友到小樓上來時的拘緊。他的話沒說完,卻望望密司蕭的顏色,又繼續談下去,聲音有點高亢。

「衝亂了,衝亂了……」

「衝亂了什麼呀?你的話好無頭緒。」密司蕭把眼皮揚一揚,問他。

「你還不了解我的心思？怕是故問吧。衝亂了每一個青年的天真；衝亂人生的途徑；並且——並且衝亂了這整個的古老社會，後退是想不到的，可怎麼前進？人在理智與情感中受著夾攻的痛苦，在青春中得打算深秋的計畫，這一杯人間真正的苦酒，你如何嚥得下……」

拍的一聲，他用右手掌拍著桌面，接著即時又灌下一杯，眼睛都有點紅紅的。

密司蕭到這時也像深深地引起了心事，不知是故意還是忍不住，她用淡花紫手絹抹抹眼角。

巽甫用指尖在桌面上畫字。

義修的議論說起來真似開了閘口的洪流，他另外提到一個人，「無塵無塵，你記得咱們那學佛的詩人吧？現在應該叫他的法號，不到一個年頭，果然走回路……」

巽甫聽他談到熬石的事卻急忙地分辯道：

「我們不要笑話人！這事在他辦去一點不奇，我也料得定他不能永久去當和尚。可就是這個半年多的苦熬的生活，是你能辦？是我能辦？平情論，我們就平凡得多了！」

「辦不到，絕對不成！我連三天的假和尚生活不能過。但你猜一猜犯他的未來？」

義修經巽甫這麼一提，又注意於那個回家和尚的未來了。

十六

「你這個人，未知生焉知死，不管他，你先猜一猜我的未來哩？」巽甫這句反問話確有力量。

義修默然了。恰好老夥計進來送菜，是一盤辣子雞，義修忽地觸動心機便淡淡道地：

「你的未來？——這件食品便是很好的象徵。」他用竹箸指著盤子。

密司蕭方在楞著聽，把嘴角彎一彎禁不住笑了。

「解釋出來。」巽甫沒笑。

「有點辣味道。可惜是油膩的底子——不清，再麼，人家為吃厚味卻不怕那點辣味。蘸點兒醬油，醋，混混顏色，連辣味也沒了，剩下了……」

義修打這個比喻其實是無心開玩笑，他的見解有時確是靈透，但對於自己卻永遠說不清楚。

巽甫並不駁辯可也不承認，低頭尋思了一會，只說了一句：

「任怎麼說，我不是《灰色馬》中的主角，這話你得點頭認可。」

「不是《灰色馬》中的主角？你不是，準是我？可惜我想著學還學不來呢。道其實，我頭一個不盼望你變成那種人物，根本上說，就不容易有那種人物在這個衰老的民族中出現？

「話說回來，你不疏懶，堅定，識見遠，看得到，另外是一股勁。可是與老佟幾個人不一樣。他們，我算是同他們真正的分離了。他們看不起我，享樂派，虛無主義者，他們愛怎樣評論由得他們，我甘心自告不敏；就是對你也得有這樣的自告。」

巽甫對於義修近來頗有些地方看不下去，但是像這晚上的誠心話，他覺出義修究竟還是個真實的青年，有時為了別的事藏掩幾點，卻不能改變他的本來面目。

義修並不顧巽甫對他說的話起什麼反應，酒與熱情一個勁兒向下嚥，他這時真有旁若無人的氣概。

巽甫驟然轉過頭來對女客人道：「你們很熟，密司蕭，你覺得他的話怎麼樣？」

女客人用柔細的指尖捏著懷中所掛的綠桿自來水筆，若不經意地答覆：

「我不很懂你們這樣那樣的主義，又是生呀，死呀，這樣的大問題，對不起，我沒想到去研究……」

那意思很明顯，是不高興巽甫這麼不客氣的考問她，又加上一句：

「我同誰都是泛泛的朋友，什麼熟不熟！」

巽甫想：「怪不得義修被她……小姐氣分這麼重的女子……」但即時也點點頭道：

十六

「不懂也好！誰能真懂？我們這群人的事也等於盲人，瞎馬……」

「管他哩，但願一起撞到個清水池塘中去……還好。」

巽甫緊接了義修的話說：「那麼你倒是甘心學一個清流了……」

義修搖著頭，端著酒杯楞了一回，忽地立起來向掛著的長袍袋中取出了一張張疊的虎皮箋，在上面是工整的毛筆字，他遞給巽甫。

「這是昨晚上睡不著的時候寫的，想送你一首白話詩，心緒亂得很，謅不出來。找一首古詩來代達我的意思，雖非己作，可是有它的價值。你看！」

巽甫接著過來把疊紙展開，的確是義修的親筆，分段寫著：

「悠悠世路，亂離多阻。濟岱江行，邈焉異處！風流雲散，一別如雨！人生實難，願其弗與，瞻望遐路，允企伊佇。」

巽甫剛看完第一段，低低念著：「風流雲散，一別如雨……」蹙蹙眉頭。

「義修，你何苦找到這樣感傷詩句寫給我送行。」

「這是我的自由，我的真感！老巽，收留在你，路上拋掉了也在你。你想：——這是什麼時代，我們混的是什麼人生？說不傷感，我來不及呀！我也知道人要有鐵一般的意志，委決下一切往前闖，但同時，我卻不能輕視了青年的感受性。」

巽甫不同他辯說，接著往下讀，聲音自然地高了，臉上的汗光在電燈下也特別明亮。

「烈烈冬日，肅肅淒風。潛鱗在淵，歸雁在軒，苟非鴻，孰能飛翻？雖則追慕，予思罔宣。瞻望東路，慘愴增嘆！」

這是第二段，義修立在桌邊不說什麼，但把第二行的八個字指著教巽甫注意。第三段寫的不及上兩段的工整了，彷彿表示出寫者當時的心理，字跡是橫斜，行也不正。

「率彼江流，爰逝靡期。君子信誓，不遷於時。及子同僚，生死固之！何以贈行，言授斯詩。中心孔悼，涕淚漣。嗟爾君子，如何勿思！」

「太喪氣，太喪氣，末一段簡直可以去掉，怎麼講到生死，還涕淚漣。有感受也不要這份女子氣……」

他還想往下說，但記起坐上真有女客人，知道這話太直率了。密司蕭在一邊也看這三段詩，聽巽甫的評論，卻不講什麼。她的個性即在沉默中也往往令人感到鋒芒的銳利。

「詩人自然有過火的形容。其實最令我感動的還是第二段。你想，我們這一夥除了

十六

你不都是等於潛鱗，歸雁麼?雖是想，雖是企慕，不過在紛擾苦悶的生活中多添上一種說不出的心思罷了，其實是值得什麼……」

「義修，不管怎樣，我感謝你的真懇送行的意思!不錯，風流雲散，當然的，可是在未來難道我們並沒有一個風雲聚合的時代?世路的亂離，正要大家共同努力把這條長滿了荊棘的世路打開。義修，你說你甚注意於第三段，但是我也借重這一句『不遷於時』的話轉送你……情感勝於理智，在現在和未來是多少要受點損傷的!」

實在巽甫咬著牙說這樣理直氣壯的話，他現在心中的擾亂自信比義修還利害。義修不發什麼議論了，只望著有綠色點子的籤紙出神。

暫時三個人都不再說什麼，靜聽著窗外的乾蘆葦在風中低唱著淒啞的寒歌。街上有曼長的叫聲，是賣食物的在巷子中叫賣。樓下也聽不見刀勺的微響。隔壁屋子中早沒有動靜，人已散去了多時。

十七

向來是倔強的身木，從中學三年級回過故里一次之外，他決心要把自己做現社會的一員。對於古舊的一切他真想用了自己的力量向後打退，老家族制度下的家庭，從他在鄉間小學校讀書時，他早早便認為非粉碎就得拋開。眼見著他的上一輩人的揮霍，自私，模型的紈褲子的行動，他的平輩遠一層的兄弟們，才力的誤用，遊蕩，侈奢，女子們的敵對，爭吵，每個人與另一個嫉忌，傾軋，面子上是那麼雍容和平，其實這已是同居了三世的老家庭，十足代表了一個沒落的士大夫人家種種的壞現象。他在心中原有下了憤恨的種子。恰好他方升入省城的中學便遇見了全國學生的劇烈運動，新思潮到處澎湃起來，身木投身其中，覺得自己的生之力有了盡量揮發的機會；覺得他的前途有一把明麗的火焰，等待著作他終身前進的引導。他看不起那一般專在會場上與報紙的記事欄中出風頭的青年。秉了父親幹練作事的性格，與南海邊鄉村女子的母親的沉毅忍耐力，他是要找一條道路去對社會打交手仗的。所以在種種集合

十七

中，他不妄言，也不與那些浮誇的學生作朋友；他更不輕易憑著一時的感情衝發便加入什麼主義的小組團體。「幹」的一個字卻是他的特長，認定的事曾不向回頭想。因此大家都叫他做豹子頭，借用了《水滸》上勇氣與頗精細的好漢諢號送給他，絕沒有取笑的意思。在紛亂虛浮的青年團體中，誰都明白他是一個硬性的，熱烈的，能咬住牙向前衝的人物。雖然那些高論派的學生譏笑他不會思想，不懂分析理論的方法，他皆不計較，心裡卻對他們冷笑。

從再一度被拘留以後，他不作重回故里的夢了。還有母親，妹妹，小弟弟們，但他另有所見，有工夫要盡力地讀書，活動，不肯把他的時間讓家庭的溫情消磨了去。

正是巽甫隨了那位政治運動的領袖遠行的期間，身木卻升學到吳淞的一個德國式的工科的大學中了。

他立志要從科學的發展上救中國，雖是在思潮激盪的幾年中，他在學校對於算理與理化一類基本科學的功課卻分外用力。所以能考入這個素來是以嚴格著名的大學。當時北方的唯一學府成了各種思想的發源處，青年們都掙扎著往裡跑。他卻走了別途。他不輕視思想的鍛鍊，可是他認為在這個時候如果要輸入西方的思想須有科學的根基，否則頂容易返回中國人的老路子去——議論空疏找不到邊際，也無所附麗。

江邊，秩序生活的上課，自修，加緊地學習德文。雖然忙勞，身木反感到比在中學時思想上更有了著落。而且也能脫離開好爭吵，好高論，好浮泛地批評一切的那些朋友的圍繞，使自己的心更能向深沉精密處用。

自然，古老紛雜的社會與私人權利之爭取的政潮，照例的內戰仍然在繼續扮演，而且愈來愈厲害。一切，一切，都是必然地要預備一個大時代的來臨。身木卻很安然地暫時抛開了那些糾繞，用力讀書。他想把有用的學識多少挈取一點，好獻身於未來的那個時代。

十一月的初旬，雖在江南多少也感到清晨的薄寒了。他記掛著有好多生字的德文課本，忙忙地吃過校中的早飯，挾了幾本厚書，想到江邊找塊清淨地方習讀。走過學校的號房時，有人給了他一卷報紙，兩封信件，他匆匆看了封面，便塞在衣袋裡往外跑。

不多遠，他在江上找到一塊還微有枯草的土地，坐下，把書本丟在身旁。拆開那封貼著異樣郵票並且蓋了他不認識的怪字郵戳的信件，白色信籤上第一行字很疏朗地認入他的眼簾。

「原來真是老巽的……」他想著。

十七

信很長，看完一遍，他毫不遲疑接著從第一張起再看一次。

在初冬的江邊，景象反顯得清肅了。遙映著一線明流的長江，入海的水色絕不是那麼混濁了。三五個，從不知何處飛來的枯葉輕輕地點到水面上，毫無聲息。天空中掠過幾隻瘦小的燕子，翩來翩去，他們早感到覓食的艱難。有時近處有汲水的農婦，裹了包頭在小道上行走。這地方距學校略遠了，聽不見有什麼人語。

寂靜中身木十分注意地把這封長信閱過兩遍，他一手在地上支持著身子，一手把信籤信封握住，只望著茫茫的水色凝思。

除掉描寫一些新奇與荒寒的風景氣候之外，那些隱約的字句中間明明是那位領袖給予他一個提示，而托意於巽甫寫的。很明白，身木是徹底明白的！那位幹政治生活的精警而又富有經歷的中年人，對自己早有認識。而最南方的政治運動的連鎖，在這中年人那裡自己也聽到一些半公開的消息……但自己原想應分把學程在這四年之內作一結束，然後再衝到社會中去火拚。這一來呢！不錯，仍然是求學，方向可轉了；仍然是有力的奮鬥，而在將來的鍛鍊出來便須直接在政治行動中翻滾，與純粹想研究科學應用的志願當然不是一條路。

他一動不動，目光從浮蕩著一層薄煙的水面上移到晴空中的流雲。一碧無垠的遠空被東方的朝旭金光映耀著，過細看，彷彿有數不清的藍色小星在金絲交織的密網中跳動。流雲——輕柔飄逸的棉絮把閃閃的藍色小星迅速地收進去，接著又放射出來。空中，在這時的身木仰望去，是這麼神異的有趣的現象。

他不是詩人，近來更少閒心去對自然作痴妄的設想，或讚美。但為什麼呢？現在他忘記了頗為拗口的德國語，文，忘記了拆著寄來的報紙，只是向空中出神。

忘我般的境界……他頹然地伏到草地上了。

為科學而犧牲一切呢？還是為急於求國家與民族的解放運動而投身於爭鬥的政治生活中呢？

他對於恐怖己身的利害關念倒不在乎，他要選擇的是走那條路，可以迅速地揮發自己的力量，能為這快要沉落的國家擔負點救急的責任。

對於自己的個性還難得有明確的判斷。他想：「也許他們都把我看做一個有力的鬥員，不避艱難，不辭勞苦地向前衝：也許他們認為像我從此沉潛於專門的科學中是緩不濟急，是用違所長，但我自己呢？在這如火如荼的時間中，任這孱弱疲亂的社會中，一個懷抱著熱情的青年究竟要走那條大道？」

身木分析不出自己是什麼心情，只感到欹倒在這麼美好的大自然的懷抱中心上突

十七

突地躍動，鼻孔中微微有點兒酸咽，呼吸緊迫，似乎眼裡有幾滴淚暈卻沒曾落下來。

農婦走過的乾泥小路上過來兩個人影，看不清是那兩位。他知道是同學，從他們穿的服裝與蓬蓬的頭髮上可以看得出。像是為了自己在這兒，他們也迅速地跑過來。身木雖然在這時不喜歡有人來打斷自己的沉思，卻又不便於走開，只是把那一卷報紙在草地上拋著玩。裝作很閒暇的態度，同時那封長信已隨手塞到短衣袋中。

「骨忒毛爾根！哈林李！」他們的一個已飛步到了身木的旁邊。

「哈！毛爾根……原來是小劉，你們出來得早。」

身木認識小劉是自己同年級的學生，一個精悍短小的湖南人，走起路來照例是連跳帶說，似乎他不會一刻安靜的。深深的眼窩，眼光是那麼厲害，與人談話一不合便用拳頭，又是個演說與在同學中當代表的慣手。

另一位在後頭緩緩地走，細瘦，身個兒高些，一付圓眼鏡罩在他的蒼白色的臉上，彷彿顯得很神祕。灰布夾衫上面有幾點墨汁。他是靠近上海不遠的學生。生性沉靜，外面看像是個典型的舊日詩人，然而他善於讀書，分析種種的思想，作事是不輕易發動，也不輕易消退的。大家管叫他三年級的哲學家。他與小劉恰好是一對不相稱的對比者，然而他們也常談在一處。

身木同這兩位有相當的交誼，卻不深密。

「喂！老木，人家說你有點兒木，不差，你看，大清早——又不是夏天，獨個兒坐在冷草地上受用什麼？」小劉說著把兩個膝頭一沖也坐下來。

「不見得吧！身木才一點也不木木然！你們只能在學校中看他埋頭用功，簡直不像一個年輕的時代人，叫書本把他全拴住了。不，他才不哩！你不知道他倒有股熱勁！」

在後面，幾乎是學著踱方步的那位哲學家湊上來，雙方扣在背後，淡然地，不在意地批評著。

「高……哲學家，哈林高，你難道知道老木的事比我多？」

「我聽見他的老同鄉們談過他。」

「怎麼？」

「談過我些什麼？」身木耐不住了。

「真性急，一個怎麼，又一個什麼，告訴你們吧。老木是個強健分子，能運動，能打架，能與敵人短兵相接，還能不怕事，不前思後顧……」

「怪不得人家都叫他豹子頭，他真有這股勁？」

十七

小劉若信若疑地反問。

高把眼鏡摘下來，掏出布手絹細細地抹擦著道：

「別瞧我與他年級不同——是不是？老木，你的舊同學在我那班中有好幾位，他們很佩服你的精神。在中學時代的熱烈生活我都聽說過了。」

「好！不是你說，我們倒坐失了一個同志！哈林老木，為什麼你老是裝模做樣，到大學中來反而學起大姑娘來。」

「正是本色，為什麼裝模做樣！我們原是為用功來考入大學的。」身木用手按住報紙卷，似不關心地答覆。

「救國與讀書絕對地要雙方並進！這是一個什麼時代？中國淪落到次殖民地的地位，軍閥們鉤心鬥角，殺人，占地盤，帝國主義者的強取，豪奪，平民的流離，困苦……」

像對群眾作宣傳一般，小劉開了他那整套的話匣了。身木急的把報紙卷連連擺動道：

「小兄弟，收住吧！我還懂得這些著數，不才也像你一般對若干人宣揚過如此這般的教義。」

「言而不行！老木，你既然什麼也明白，為什麼……」小劉急性的質問幾乎令人來不及答覆。

身木突然從草地上跳起來，拍著小劉的尖膀子道：

「你說我言而不行，你呢？行，為什麼還是抱了書本子靠鐘點，你說！大約你的大道理？」

小劉把剛才瞪的大圓眼睛轉了一轉，在舌尖上不來得那麼容易，他的厚嘴唇撇了一下，高立在一邊禁不住哈哈地笑了。

「這回可是小劉自己把話說過了火，收不回來。人家當年的運動比誰也不壞，同志，怕不是早已加入了！還等得你來作激將。」

「那麼你是否入過黨……」小劉忽然單刀直入了。

身木裝做不懂的神氣，「什麼黨？」

「現在還有更重要的革命黨，你這人真會裝扮。」

「裝扮什麼，自然我們不是談安福黨，脫靴黨，若是現在有力量的黨那個不在提倡而且預備著革命？不說明白，我何從答對。」

高看身木老是逗著這急性的孩子，便忍不住正經地解釋道：

十七

「不要玩笑著耽誤工夫，老木，當然明白我們是說的在改組中的民黨，現在雖然不十分公開，然而在上海卻是有巨大的組織，正在吸收有新了解新力量的分子。也許老木比我們更曉得底細。我認為這是未來中國的一條出路……總之，欲救中國非有大規模的革命不會振刷一切，而現在具有這樣大革命的力量的更有那個大黨可以辦的了？小劉，他是——他原是……」

高說到這句，向小劉看了一眼，覺得小劉沒有阻止的意思，便接續著說：

「小劉原是西皮，所以不用重新加入。我入黨沒有多日。老木，你是前進的青年，所以我們在校中尋找合格的黨員，你是一個。不過沒機會問你，今天碰個恰巧。」

「噢！你們都有使命，那麼我恕剛才的不敬了！」身木且不說他已否在黨，反而很悠閒地同這兩位扯談。

「說正經話，老木，你是否在黨？」哲學家原是一個熱心勸人入黨的信徒，他看定了身木的革命性，這一回的談話一定要一個結果。

身木摸摸額前蓬蓬的厚髮，爽然道地：

「說正經話，我現在正為了革命的使命苦惱著。高，你看得我不差。你聽來的我在中學時我的行為……那一切是我的。由此你可完全明白我的性格。哈林高，小劉，我們真是同志，我在升學時早已在黨了。」

小劉跳起來，握住身木的一隻手道：

「我說我說哩……」他喜得兩隻腳更番著聳躍。高倒是不怎麼易於衝動，他早已猜到這沉靜不群的老木是個黨會中的青年，卻想不到在黨的那樣早。

「比我早得多了，是不是在北方加入的？」

「嗯，在北方。」身木毫不遲疑地說。

「這就完了，我們是同志！——又是在一個學校的同志！」

「對呀，我們是同志！」身木也接了一句。

「校中現在的同志太少了，方在介紹與向有可能性的同學宣傳期間，其他的事還不能作。」

小劉仰仰頭，把拳頭對握起來。「所以說這就是我們的特長，講紀律與組織，懂吧，老木？」

「無論如何，現在我們是在同一的革命領導之下了。」

十七

小劉也笑了，「自然，互利則相合，如今兩下裡單獨幹都不是容易把敵人打倒的，至於後來的事，走著看哩。」

身木想不到外表一股楞氣的小劉是一個這等角色，說話也真有點鋒芒，有些地方簡直像黎明學會中的金剛，只差年紀比金剛還小三兩歲。由這幾句話，日後身木對他很注意，不敢輕看他是一個冒失小夥子了。

這時草地上早已被日光照遍，田野間來往的人也漸漸多起來。江面上那一層朦朧的薄霧完全消散。他們重複談著組織與革命方法的大問題。身木看明了兩個人不同的性格，自己的話便有了分寸。本來他是個毫無機心一往直前的人，但經起中學幾年的鍛鍊，與在這個大學中一年的沉潛用功，他對於人情與事務的經歷明白了好多。天然的政治作用的分析性他漸漸能以發揮應用了。

現在他覺出高是一個書呆子式的理想革命者，小劉雖然浮躁一點，的確有過相當的訓練，比起鼓動與組織的能力來大約自己真得甘拜下風吧。

他略略同他們談過北方的黨的祕密情形，與青年界中的傾向，但那封勸約他將來到遠處入學的信卻沒露出一個字來。

高自然做夢沒想到這一件，而小劉卻一樣的明白了。因為這是黨中的祕密計畫，打算派定多少黨員到那邊去學習，訓練，小劉的消息靈通，比身木知的還早，並且他也在預備派送中。

他兩個卻都無從說起。

快十一點了，他們一同回到校裡。午飯後身木在自修室中預備寫信。摸起信籤，也記起早上的兩封郵函還有一封由家中來的並沒拆封。

他把那封有紅線宣紙底子的家報平放在書桌上時，免不住微笑了。

信中的消息很平靜，唯有他身下的弟弟在中學生病，與說及堅石家居學做舊詩；使他一憂，一笑。信是他的妹妹寫的，很長，很亂雜，有許多瑣事本來不需寫的也說得令人可喜。有一段是：

「石哥有時來一趟，往往半天沒有話講。他這個人稀奇古怪，自從下山以來在鎮中很少有見他與人說話的。我不管，見面便來一套，儘管譏笑他，他可不生氣。一次出家，深得多了。近來與老先生們研究舊詩，聽說大有進步！安大哥從前瞧他不起，如今倒稱讚起來，說『他另有慧心，（會？還是這個慧呢？我說不清楚。）青年中算是有覺悟的！』這真是各有所見呀！不過據堅鐵哥說：『他不能長久這樣蹲下去，』不知什麼緣故，有時外面有信給他，似乎人家約他到哪裡去幫辦學校？這事連大哥也說不十分明白，我看也是如此。學校，自然他不想再入了。三哥，你也覺得他是可惜嗎？」

想到回家的和尚學做舊詩倒不是出奇的事，然而看到才十五歲的妹子能長篇大論地寫這樣有趣味的信，身木覺得異常高興！比起那個政治領袖與巽甫由冰天雪地的怪城中發出的那封信來，這封瑣細溫和的平安家報分外令他感到閒適的柔美。家庭——這個古老溫情的舊影子有時也在懷抱著遠志的身木的心中躍動。

他呆呆地把兩封都平擺在桌面上，式樣，墨色，郵票的花紋，都不同，其中述達的意義相差得更遠。

他想：「這也是一個小小的東方與西方吧！」

想到東方與西方，一個有力的聯想使他急於要找書看。某名人作的東西文化及其哲學，報上有許多評論，自己卻沒有得工夫看一遍。想著立起來，但又一轉念，今天是星期日，圖書館不能開門！重複坐下，他暗笑著自己這一時的精神何以這樣的不集中。

十七

十八

距離身木與小劉，高在江邊的密談時間，又幾個月下去了。在北方，才迎著初春，而在急遽變化中的革命潮流也像時季的開展，由蟄伏的嚴冬轉入萬匯昭蘇的春日了。在各個都會中間，半祕密的組織歆動了許多苦悶青年的心，他們被精神上的壓迫與事實上的苦痛緊束得不能喘氣，所以一聽說全民革命，將來實施那高揚出的主義重新建造新中國——這熱切的希望在一時中給大家增添了前往的勇氣，與犧牲的精神。尤其是一般的大學生成為醞釀革命的中堅份子，而性急的中學青年也有的拋棄了學業到南方去另找出路了。

雖然有些地方的軍人正在拉攏著一般人替他們的武功作昇平的粉飾，更有強據著幾個省分，向平民無限度地榨取，實行綠林式的辦法。然而在這樣混沌痛苦裡，熱心的青年們已經從渺茫的遠處看到了一線的明光。因為窒悶極了，有點血氣的都來不及等待，又因為那是條比較容易走的大道，於是在這條大道上追逐著許多可愛的青年男

十八

女。縱然為什麼去走這條路自然不能一律，然在初上路時他們大多數卻抱著一顆熱誠與純潔的心。

在這個一切都蓬勃著的初春，堅石恰好再由故鄉走出來。他是個在家的和尚而他的心卻仍然與時代的鐘聲應和著響動的節奏。

屬於北方一個省會的靠海的西歐風的小都市，人口極少，除了德國話與日本文字的遺留之外，便是機械與外國人的力量。平靜的海面，常像是在陽光中含笑的密林，冷靜與整齊的馬路以外，便是新機關的種種中國字體的招牌，與從各鄉村中招雇來的叫化子的灰色軍隊。他們趿著青色的，藍色的，有的是破白帆布的鞋子，零亂，參差，在瀝青油的道上，普魯士式的樓閣前而高唱著難於成調的軍歌。這種顯明的矛盾像以外呢？有的是交易所的人頭攢動，與……的拍賣。這樣的地方非冬，非春，只不過是在淒涼中延捱零秋罷了。

但自從頭一年的冬天起，這小都市的中心居然有了一個預備著散布春陽的集體。那是個規模較大的中學校。頭一次在一些教會學校與東文的速成學校中以新動的姿態向有志的學生招手。創辦的人一方為教育著想，另一方卻是利用民黨的老方法，想把學校與思想宣傳打成一片。學校的成立是與巽甫同走的那個政治領袖有關係。因此靜修了一這時期的堅石又有機會重向熱烈的群體中去作生活的掙扎。

把肥大的長衣脫去，換上整齊的制服。他終天管理著款項的出入，兼著訓育上的事務。雖然不給學生上課，那份很重要的工作卻使他很少著閒暇的時間。

本來家中的意思在他初從寺院裡逃回來時，誰也不放心他再向外走。就他自己也想不到作過和尚的人還能再幹世俗的事務。在矛盾的心理中間，他還盼望有裡面的精神調和。他拋不開對佛法的那一份信心，可是情感的激盪，他知道空山清修的不能長久。躲在鄉下，他想學學安大哥一類人充一名退落的智識者的「檻外人」，或者如他的哥哥堅鐵的「對付主義」，然而都學不成！家庭，故里，親族，只是模模糊糊還浮留著一點點的溫情，若有若無，那是萬不能把他的心情留戀得住的。逃避於達觀的，空曠的思想中，他已經試驗過了，耐不住！讀一些舊日的筆記，詩，詞，原意是想向此中陶醉，但及至把那成套的詞藻與定型的老詩人的想法放下之後，問問自己又是一個空無所有了！因此，他到家不過幾個月，便重複墜入沉悶的洞中。然而他不能再說什麼了，一切由自己造成，怨人不對，怨社會更顯得自己的薄弱。在混沌中度日子！聽說巽甫遠往冰雪的國度作短期的考察去了，身木投入大學，老佟，金剛那幾個最激烈的學會中的分子早已沒了消息。每每想起以前的事，如同追尋一個美麗的舊夢。

十八

因此，他不但精神上天天鬱悶得利害，身體上睡眠少，腦子痛，有時有很重咳嗽，飯食也見減。

堅鐵知道的很清楚，這位神經過敏的弟弟是沒有更好的解勸辦法，除掉有一天他自己能踏定腳跟。他的母親從堅鐵的口中明白了這孩子的苦悶，把想用母愛留他的心思也不得不淡下去。

有這樣有力的原因，所以這個中學的主持者想到堅石，往鄉下邀約他時並沒費什麼事。

星期六的下午，校中只是一班學生有臨時的功課。事務室中那位瘦小的書記先生，忙著用謄寫紙畫文件。這邊的時季遲些，鐵爐安在大屋子的中央，還燃著微溫的碎煤。兩個奶油粗木的書架堆擺著不少顏色陳舊大小不一律的書籍。一隻小花狗蹓臥在火爐旁邊靜睡。從玻璃窗中向外看，大院子中的浪木，鐵架，跳臺，都空蕩蕩地找不到一個人影。

堅石正在清記這一週的帳目，珠算盤子時時在他手下響動，鉛筆在硬紙簿上急急地抄寫。他十分沉著地幹他的事務，如在學校時複習自己的功課一樣用心，剛剛完成一個結果。他看明白全校的經費，除掉按月由當地的行政官署收入一批補助費外，這一個月大概又有幾百元的虧空。本來沒處籌劃更多的基金，全靠了學費與捐募……堅石望望簿記上的結算數目字，放下筆站起來，重複坐下，用上牙咬住下唇。恰好書記先生也被手中的工具累乏了，回過頭來，對望著這年青的會計員。

疲勞，倦，急悶，空間的靜寂，引起他倆的談興。

「無先生，」書記也隨了大家，不稱呼堅石的姓，而用他的法號的第一個字來代替。

「無先生，咱倆也像是一對？那天吧，不到五點以後離不開這兩張桌子……我每天到家吃晚飯，拿起筷子來覺出那又又痛的滋味……」

堅石把帳簿合起來，轉過身子。

「天天麼？第二天怎麼辦？」

「天生的窮命！第二天早上便會忘了，再上手工機器。從八點半到五點，除了一個鐘頭的午飯工夫，你是看得見的，不必提了。」

「不然！據我看你這份事還是好，中國窮命的人太多，你不見一群群的叫化子為了一個月幾塊錢掮起槍來賣命……」

書記還是用鋼筆尖在蠟紙上畫字，聽堅石的慰解話並沒抬頭。

十八

「無先生，你這個人太會退一步想了！都像你，咱們還講什麼革命！不是？天天講民權，還有民生，我雖然不懂，卻也聽人家一點尾巴……若是都能安分知命，革的什麼？等待自然的支配好了！」

「好，想不到你倒是一個革命份子！怪不得跑到這樣學校裡做苦工。不過我是說的比較話，那能勸人去知命……再一說，你知道我的事……」

書記用左手摸摸他的高顴骨，點點頭。「還不知道！你是打過滾身的人，不像我，但圖一月拿十塊錢的薪水糊全家人的口！許多事弄不清爽，你可深沉不露，更不像說說圖口快呀！」

堅石聽了這中年的潦倒的寫字人似乎是惦弄自己的話，反而苦笑了。

「那麼，你認為我是個怪人，是個祕密的深沉人？彷彿我另有目的才來吃這份薪水……」

「當然，當然！你爲能跟我比！」

這麼冷峭的答覆真出乎堅石的意外。明明同在一個屋子作事的人，因為事務與收入不同便有心理上的許多差異。一點不了解的感動卻急於分辯不出，他蹙蹙眉頭，把話另換了一個題目。

「雖然同事了一個月，沒聽見過你的思想，想來你不是落伍的人，一定贊同革命……」

話才說了上半段，書記把鋼筆重重地放下了。「豈但……哼！」

「噢！我是問你的話，如此看來，果然時機到了，你是一個！」

「對呀！中國的事弄到這般天地，處處沒了人民的生路，凡是明白點事理的人誰不想有個翻身？我只差少喝幾年墨水，不是……是沒有錢買墨水喝，心還不比別個下色！國民革命，革命，有那一天，管什麼家，孩子，老婆，打小旗我也幹……」

書記的一股憤氣真比那些上講臺說主義的先生們勁頭還大，「我也幹！」這三個字的下文很有意思，那一定是：「像我也幹，你呢？你這當年到處演說，組織學會的學生！你呢？」

從他的炯炯的目光裡堅石先感到這位談話對手的光芒。以前只知道他在校中有種硬勁，不大理會人，沉默，想不到說起來卻立刻使自己受到精神上的窘迫。是啊，革命，革命！自己從木魚佛咒的生活中逃回來，因為有熟友的要約到這個中學裡來變成一個勤勞的事務員。明明這是個革命的宣傳機關，大家不避自己，卻也不叫自己分任祕密的職務。他們態度是這樣：「你是在新流中翻過滾的青年，思想與見地還用到教

十八

導？路有的是，任憑你選擇著走！我們當然不外你，可不勉強你幹什麼事。黨，也不盡力介紹加入，隨便，看看你這返俗的和尚對於未來是有何主張？——也許你在以後成了一個俗流。」

不經過唐書記的言辭挑鬥，堅石在這個集體中也早已感到這樣的待遇了。所以這一時他對書記的態度分外關切。

「佩服！也應該來一個『我也幹！』」堅石的額上有點汗暈，「唐先生，你希望我能堅持下去，為將來的國民革命助力！」

唐書記拍拍他那略尖的頭頂道：

「無先生，那還用提堅持，這不等於詩經上的話『之死靡它！』沒有這麼點傻勁，那是投機分子！我現在開會必到，應派的事務不瞞你說，幹的比誰也高興。我們這樣人比起會想會談的先生們來，別的不敢說，可有這一日之長！無先生，你等著看！大話多說了也許無用！」

這話的刺又飛出來了！堅石一陣覺得臉上有點熱，尤其是從他那紫黑色的嘴唇中迸出那四個字：「你等著看！」

「你等著看，」字音彷彿如燒紅的鐵針一樣，扎入自己的心中。

唐書記瞧著無先生不急著接話，便很從容地兩臂一伸，打了一個呵欠，搖搖頭，只差沒嘆出一口氣來。

丁零零，丁零零，最後一班完了，幾十個學生說笑著從樓上跑到操場裡去而教這班的教員挾了一包書，吹著呢子短衣上的粉末卻衝到事務室來。

「喂！無，校長室中有轉給你的一封信，很奇怪，剛才在走廊中碰見校長，他說：要請你快去！——到他屋子裡看信。該給你帶口信，下樓時他正拿著信來找你，不知為什麼又叫我說請你上去？——那封信怕是有點事，我看了兩個字，是從河南寄來的，還印著什麼軍？」

這位教員是出名的毛包，有話藏不住，專能替人效勞。

堅石不知從什麼地方來了這麼封信，更找校長代轉，便來不及同唐書記再說話，隨手把簿記鎖在座位後的立櫥中，匆匆走出。

十八

十九

「喂！無先生，你怎麼老是在操場裡轉圈子？我來了一刻鐘了，站在樹後頭看，怪有趣，頭一回見你想心事。」

堅石正在帶露珠的細草上來回數著步兒走，太早了，學生來的還不多。他的青薄呢校服有兩個鈕釦開著，皮鞋上滿是水滴。他似乎在尋找夜來沒完的夢境，一雙眼睛裡泛著興奮的光彩。想不到有人在寂靜中喊叫，他立住腳對那位偷看者驚掠了一眼。

「起得真早，從你家到校中來不得半個鐘頭？我們的早飯還沒做熟呢……」

「無先生，我早來就為同你談談，待一回沒有空，昨天你不要以為我說傻話，直心眼！別瞧不起是窮，可不掏謊，我看你是個有心人……」

堅石向前挪了幾步，苦笑著，「你說我有什麼心事？」

「自然，我有我的意思。自從你到校兩個月了，人家先前都說你有神經病，近不來；說你是學生脾氣瞧不起人；又說你古裡古怪，當過和尚撞過鐘，不是凡人。這些

十九

話職教員們偶然聚在一堆便成了笑談。——不是奉承你，咱一個屋子辦事倒沒多交談，不過從你辦事——對學生，管財政上留心，我知道你，你不是他們那般人……」

想不到這位瘦小的書記先生，竟對自己這麼傾心，堅石向他再掠一眼道：

「我本來是這樣的一個年輕人，盡人家說去好了。我不會對這種種的人討好，生性就是如此。你也許看的不準？」

「不，我豈只是看明白了你是個好人，你還有你的理想！」

「理想？」堅石不禁蹙蹙眉頭，兩隻手緊緊地握著。「理想倒怎麼樣？現在理想當不了飯吃。我若是準往理想上走時，還來吃這一口飯？」

書記先生把手中的食品布包，（他是不在校中吃午飯的，自帶著食物。）惦弄著點點頭。

「說是如此可得忍耐著向前跑，也許理想便成為現實。——誰沒有？我，你看看不是一個工人？一天到晚，寫字機器，吃了今天想不到明兒，理想距我應該有十萬八千里。不過我在這地方混久了，什麼氣都吃過，到處看不順眼。吃虧偏在好看報，性耿直點，壓不下自己。幹！更好，誰都行；能把中國幹翻過來，使大家不吃外國人的氣，不受中國有槍階級的糟蹋，那就是上了天堂——死也情願！我想你早有這份心；應該有的，不過你這個人不好露。」

堅石平日原知道唐新記是個頭裡硬的漢子，時常發些不平的牢騷；但沒想到自從昨天他們談過一場，才知道他的革命性是這麼激進，從他的臉色上可以看的出，這絲毫沒有假。但一轉念，這忠實的中年人把那片不平的心情整個兒放在革命的希望上，將來是不是會如其所期？堅石雖然出來為的是找事情度過自己的空浮無著的日子，而本來是往理想上走的性格卻不會長久在寂寞中消混下去。從昨天接到那封遠遠的來信有大半夜睡不安寧，這時被唐書記的感情激動，越發把自己的心緒擾亂了。

一方還是想從幾乎變作灰燼的心上期望一點點理想的實現，另一方使他遲疑不安的卻有他的懷疑性，在不調諧的意念中作祟。他聽著書記先生的話十分佩服這個簡單人的熱誠，然而他可不肯完全隨同著說。

「我以為這次——未來的革命，便能完全成功？中國真能到了最大多數有幸福的那一天？我們這樣萎靡困苦的民族可以獲得解放？」

「若是先沒有這一份信力，幹嘛？咱都得洗手了！自己都不信，怎麼同人家講。無先生，你的聰明可惜只能在這一面過用了。革命雖不佳，強於不革命，這不等於『憲法雖不好，強於無憲法。』是不是？什麼書上有這樣一句話，我是聽人家說來的，

十九

你可別笑。現在說兩句正事的話，你知道咱學校裡真正革命的有幾個人？」

「你真問得有趣。還沒革命，還沒有豎大旗，『奪關，斬將，』我知道誰革命誰不革命！譬如你口講，先算不得證據，得到時候下手呀……」

唐書記擰一擰他那稀稀的眉毛。

「你說不下手的便非革命？好！等著瞧！可比連想也不想的一般人怎麼樣？」

「照例說那不是革命；深一層便是反革命了。」

「反革命！我看這等人不少，不少，咱們這裡就沒有？」

「管他哩，多一個未必成功，少一個未必就真少一蠹蟲。」

堅石彷彿很高傲地在看不起一切，更像根本上他對於革命的希望不怎麼強堅。話是浮動的很，心中真像有個陀螺的玩具盡著在轉圓圈。

唐書記向吐發著嫩葉子的槐樹林中重重地吐口氣，「罷喲，無先生，你老是這麼不三不四的，還不及當和尚好！再一說，你失望了便出家，忍不住寂寞隨意同娘家，不能老實吃飯，又是前走後退，心裡像沒有吃過定心丸。我真替你可惜，替你可惜！」

唐書記近來對於國民革命的主張愈來愈有勁，下班後背人讀三民主義的書籍，借校中提倡革命的報紙看。他的身體上少有閒時，然而他的心卻充滿了希望光明到來的快慰。對於堅石的為人他覺得十分同情，卻又十分惋惜！

「時不再來。無，你還遲疑什麼！像我是有你的自由，早走了，向外頭飛飛，看看這大革命前夕的景況。」

真的，時不再來之感堅石自己早已深深地覺到了。不過他的決斷力不能即時追隨著他的見解向前趲，他的懷疑使他少有「矢志不移」的企求。

他把一雙鞋尖豎起來，用力落下。一次又一次。雙手放在衣袋中。臉上冷冷地想什麼事。

「昨天校長無什麼事找你？看樣很急。學校中有變動？」唐書記忽然記起昨天的事，與這一清早堅石在操場裡轉圈子想心事的神氣不無關係。

「沒……什麼，轉給我一封信。」

「不錯，我聽說過，你私人的吧？與學校沒關連？」

「嗯，你怎麼掛心得很！」堅石的疑念又動了。

「放心！無先生，你想，即便與學校有關也扯不到我這寫字工人身上。問的這麼急有我的道理，難道你就不知道外頭的風聲？我曾被人家打聽過，咱這裡是本地天字第一號中國人自辦的中等學校，在現在人家早上了眼。還不明白？董事，創辦人，都

十九

是清一色的……我掛心是為的團體，為的對學校的愛護。」

唐書記更靠近一步向四圍看看，上的籃球場中有四五個學生正在練習投球。槐樹林子外的大道上有鄉間來的一輛單套騾車，上面重重地載著些松毛堆。他轉過臉來低聲道：

「是，這裡還差得多，省城的抓人案子時常出。對於以前的民社中人他們更注意。自從上個月咱們學校左近時常被偵探監視著，這個消息知道的人不多我是最近才聽說過，因為我有位同鄉在他們的隊裡幹活……小心點！你可關照大家，我不願意先說……」

唐書記的話沒等交代完了，一陣預備上課鈴在三層樓上響起來，即時校舍的走廊上有許多腳步聲。唐書記便不再續說，匆匆地挾了食物布包走入了校門。

堅石因為自己的職務究竟還可以自由點，他仍然立在草地上從衣袋中把昨天收到的掛號函取出再看一遍。意思很清楚，就說那邊需要人，堅石若還歡喜為國家為軍隊盡盡義務；再便是為朋友幫幫忙，團部中一個軍需的缺正空著等他。團長是他的朋友，最近有特別的緣遇拔升的。信的末後還隱約地描了幾句：這隊人馬過幾月要有移動，也許移動的很遠。

堅石一面看著信，一面回想起在學校時時常聚會的那位新升團長的同學。他畢業了有幾年，自己在一年級時，他已在最高的班次了。還在學生運動前他離開學校，投入了西北軍的學兵營。原來他的親戚是西北軍中的一個占有強固地位的軍人他走了，卻時常同自己通信。堅石為了那位老同學的志趣高，氣度恢闊，也把自己的文章寄給他看。因為在學校時由於文字的來往訂了交誼，幾年來除掉是半年的僧院生活外不曾斷絕過信件。這一次來信特為寫給這私立中學校長轉交的緣故，便是那位軍人怕堅石的脾氣在這邊不能多久，或有失落，所以轉了一個彎。

由學兵營六個月的訓練轉成連部司書，一年後實授連長。又不過兩年的時間拔到管理快近兩千健兒的地位。雖然說當中曾經過一次血戰，卻也太快了。也許另有提升的因由，記得以前的來信中，彷彿曾提到過被派到什麼地方去作了一次考察。那正是堅石自己出家的時期。文字中的語意太模糊了，也斷不十分清楚。不過堅石曉得那個寬肩頭，紅臉膛，說起話來眼睛裡有種光的朋友不尋常，他幹了軍界自有他的理想，那不是一個只圖拿住槍桿，發財升官的弱蟲。

「這是再往前衝一回的機會！」他想：「本想由廟中回來作一個糊塗人——甘心與一切急動的生活離開，如蟄蟲似的伏在地下，塞蔽了聰明。讓能幹一點的青年

十九

朋友向水裡火裡跳去。——但壓不住窒在心頭的苦悶，仍然得出來與急動的社會搏鬥——那就不如自己也來打一陣人生爭戰的催陣鼓吧？不完全則寧無！」

堅石自從再離開家鄉後，激熱的心情已經燃燒著又一度向上升的火焰。這封信與書記先生的激談，彷彿在火焰上滴落下幾點油滴。

他頓一頓腳，望望林子外的朝陽正待轉身回去。

迎頭跑來了校門口傳達處的一個工人，「上樓去沒找到，有人來拜，電影在這裡。」

名片接到手中，三個仿宋字的字體：「宋義修。」

果然在招待室門口堅石與兩個年頭沒晤談的義修握手了，他們即時匆匆地上了樓，到堅石的寢室裡坐下。堅石只好臨時請假。

堅石看看原來面色豐潤，身體結實的義修不是兩年前的樣兒了。就是神態上也沒有從前的活潑，而多了近於裝點的憂鬱氣分。一身淡灰色的呢子夾袍罩在他的身上，十分寬鬆，頭髮仍然中分著，卻不是以前那麼平整了。充滿了失望與缺少睡眠似的眼睛向自己看時彷彿在轉動中失去了青春的光輝。他比兩年前的活潑簡直像另換了一個人。乍見面只是用力握住堅石的左手，半晌沒說出話來。

「義修，咱真是斷絕了通信的老朋友。你怎麼知道我在這裡找了來？彷彿聽人說過你自從春初便到北京去了，是麼？」

義修點點頭，掏出香菸燃著了，深深地吸了一口，且不言語。

堅石摸摸前額，不知要怎麼把長談開始說下去，義修重重地向空中吐一聲長嘆道：

「你既然再出來做事，找到你不是難事。我呢，的確在北京住了幾個月，剛剛坐船回來——其實是特地轉道來看你。你覺得我比從前不同了麼？自然你可以看的出。」

堅石萬料不到這個人變的這樣快：這樣像失去了靈魂似的無氣力，「他從前的精神丟到哪裡去了？」話在舌尖上卻沒即時問出來。

「話真不知道從那頭先說，我也問一句，你自己以為都變了，那麼我呢？你預想到我還能來安心幹這一份職務？」

義修這時才微微有點笑意道：

「不是自詡聰明，你既拋開了經卷生涯，當然能夠再一回的入世。並不稀奇。我起先看錯了你，其實差得多。大家說你的意志薄弱，不見得是定論。一個青年人物性格與環境的激動，其中的變化太大了……太大了！總之，在那一流人中我是最不行的一

十九

個，沒有你的認真勁，卻也不能太伶俐一點。」

先說上這一段似批評又似自怨自艾的痛語，堅石不明白他的近事，真有點不好答覆。

「在北京給報館裡幫幫忙，預備夏天入大學讀書，其實我對於所謂大學並沒有一般學生想急急投入的熱烈心。學問是可以變化一切，引導一切的，然不是一樣有反面。能生人亦能殺人，如載舟的水一個例子。人間到處是假面具，什麼好名詞，好主義，條條有理，件件可貴，試問有幾個人真心是純為了學問與求知，或一點雜念沒有，專為人民——為他的同類謀幸福。有的，幾個傻子！太少了！自然，何必罵世，人類的根性也不過爾爾。『天地不仁』罷了，講什麼是，非，善，惡……我在那邊幾個月，除掉編報，遊逛，與朋友吃酒之外，獨居深念……」

「你也得經經獨居深念的生活！動的過火了，好好地安靜一下不無益處。」堅石聽他說此四字，觸及了自己在圓山中半年的默思的情況。

「可惜！堅石，我不成！雖是有時的獨居深念，仍然苦惱著自己的精神與身體。不同你一個樣，根本上說兩個人的脾氣是兩道。大致上說，你能決絕——不管這點點決絕力是長，是短，可總有。我吃虧在太有黏性了，不肯走絕路，遲回的地方過多，這個有點留戀，那個又浮躁地盼望著……明白告訴你，我本不想成功，自然失敗如同跟腳鬼似的隨著轉，我的悲哀並不由於感到失敗者之絕望，只是『世法無常』，向人間找不到意義！在北京聽聽戲，聽膩了，逛兩趟有大樹有水的公園，煩了，不再想去。一切都是一個型。埋頭讀書，堅石，這不是在新青年群中很中聽的大方話？其實說來容易行去難，罷了，罷了，我根本上不想從書本子上找到麼……」

起初他似是不願說話，現在話匣子開了，幾乎不容堅石插嘴。不過他的說法，連細心的主人聽去也有些找不到路數。什麼「世法無常」，什麼太黏性了，這麼籠統不著邊際的怪想法，真像義修的為人。好容易他住了一住，堅石立起來扶著他坐的椅背道：

「老朋友，你何以這樣的失望？不是在兩年前你曾譏笑我看佛經的態度了？我勸你放開，不想，不談，現在依我說你應當切切實實地讀一點嚴重性的書，新舊皆可。那些帶刺激性的文藝書少看為是。你說埋頭讀書，你辦不了，這可是對症的藥。」

「哼！——不一樣？你那時沉浸在佛法的教義裡，甚至發憤出家，避開爭鬥的人間，走另一方的絕路。對！有你的動呀！再回頭也好，未可厚非。——我不像一般人的評論你，你終不失你的熱誠，你的決絕的態度，我想辦都辦不到。讀書，不講別

十九

的，我還不希望把我自己遺忘了？你別怪，也許我的話不邏輯——無奈我太感受苦楚了，意志不能把情感制得住。」

堅石就有點明白，聽他剛才的自白便斷定了這向來主張唯情哲學的老朋友受了什麼創傷。

「人生的路多得很呢，何苦作繭自縛。你的事不用問，我大體上明白。自己造成的酸酒當然自己受用！怨誰？不過你太只向一方看了，世人皆有迷戀，你是吃虧在感官靈敏，委絕不了……也許便是你所說的太有黏性了。本無是非可言，然而向遠處看的也有好處吧？」

義修不再反駁，他低了頭彈菸灰，眼角紅紅的，氣息稍見急促。一會，他仰起頭來，把頭上的長髮披散著搖一搖，高吟道：

「『春蠶到死絲方盡，蠟炬成灰淚始乾！』堅石，我永遠記住這個熱情詩人的句子。不為一件事，不對一個人，向世間的一切作如是觀，不也是人生的一種好態度？唯情無盡，唯願無盡，佛學家，你以為我是小孩麼？」

堅石點點頭道：「但願你把這兩句話正看，側看，四面八方看，不要拘在某一個事件上，便是解脫。佛學，與我無緣了，實在也不配。不過佛經裡有許多耐人思的話，你願意聽我可說幾句：『不一相，不異相；不自相，不他相；非無相，非取相……』聽去似等於念咒文，其實含有偉大的道理，我冒充了半年和尚難道毫無所得！從圓融一方面，我們的小我簡直不能存在，就連外界所有的矛盾也是多餘。不過若太往空處走，不管好壞，我們是青年人，又受過潮流的簸蕩，那能耐的住。了解點卻有益處，能令自己的精神擴大……」堅石把以前記得佛經上的難了解的句子借來，想教老朋友換換心思。

「不必提了，都算是至理名言吧！我沒有力量能夠徹底了解，鈍根人只是如此！」

堅石注視著義修的神色，知道他在苦夢的顛倒之中一時醒不過來。大約他受的愛情上的激動過甚，說話也條理不清，自己便不願繼續再問。

兩個人在沉默中對坐著，忽然義修另外談到身木與巽甫。他本想一見面就同堅石談的話，到這時才記起來。

「你聽見過巽甫的事過？」

「在故鄉中探聽不到了，他的伯父不在家，被人約了去在一個局子裡作祕書，別人一點消息都沒有，我只知道他是遠去了。」

「遠去，不錯，回來了兩個月了。據說到南方開會去，與我們這幾個舊人斷了音

十九

信……還有身木也剛剛走了……」

「走了？往哪裡去？他！」身木又走的事，堅石是頭一回聽說。

「我從北京來時他們大批的選派學生都往海參崴去了，現在還不能到。身木在內。不過他去與巽不同，恐怕至少須待三四年頭才可以回來……到那邊大學裡作研究。」

「怪不得前兩天從偉南傳來的消息說最近有些人被選派，沒料到他在上海也得了這個機會。」

「講到這些事你過分的老實了，簡直訊息也不靈……我早知道這小弟弟的能幹，準有他的分。也好，只是認定的路往前走……像我，人家不找我，我也受不了那些紀律。」

堅石想想，慨然道地：

「身木的被他們選派自然不奇，他真也有他的……誰都不知道就這樣偷偷地走了！我們在先前原斷定他能學點專門科學的技能，這一來的變化便不相同。」

義修向窗下的一片有小黃花的草地望一望。

「也算得是一套新科學？不過他們這時去不學製造物品，而被訓練去製造社會的科學罷了。」

「對，本來中國的社會非重加製造不可。把舊有的整個的鍛鍊一下，加添新原料。毀爐另鑄，是個時期。中國的種種觀象不早已到了『窮則變』的……近來革命的空氣，徒然說是幾個人的鼓吹——那能有此普遍的力量……不是時代的需要，誰能憑空造成另一種的局面……」

義修大張了微帶紅絲的一隻眼睛向堅石看，堅石的主張很出於他的意外。他總以為堅石即使能再向現代生活中混去，一定絲毫沾不上什麼色彩的，但兩年後頭一次晤面，口氣與思想似乎都有了著落，比起自己的浮泛來，義修真看錯了從前的堅石。

「想不到你倒是一個革命論者，如在以前，不奇怪，難得是回家後的你……」

「笑人麼？」堅石的臉上展開一層紅雲，「想不到是我的變化不居，也許你的斷定錯誤？革命，算得了什麼過分嚴重的事？一個時代的結束與另一個時代的開始，這是必然有的。誰能阻止得住？中國確確是到了毀爐重造的時候，不過要用什麼資料造成一件什麼型的新物品，能夠適用不適用……這問題便大了！義修，你把那些閒心拋開吧；拋遠些，有兩條路擺在你的前面：埋頭讀書，與大踏步向前幹，不要被些軟性的情緒毀壞了你自己！」

十九

堅石在家鄉中沉默慣了，到學校中來一向也少說話，但這幾日來激動他的心思的外緣太多：唐書記的激話，與義修的突然拜訪，他傳來身木被選派往那個新國留學的消息，使他本來不安定心情更加熱化了。而最有引動力的還是那個團長的一封長信。

義修自從送走巽甫以後，他陶醉於綺色柔情中的運氣漸漸不佳，沒有理想與希望的過活，已足使他受苦了，而愛的圓滿急切又不能實現。他漸漸染有酒癖。冬天往北京去自然也是追隨著愛的行蹤，然而他在那風砂灰土的城圈中，愈走愈感到荒涼與夢境的覺悟。這次回來，本想對於冷靜的堅石訴訴苦，可是還沒講了一半，從堅石的答語中，義修明了自己把這個佛學家看錯了。看他從一個斗中翻過來，似乎在沉靜的表現上更增加了他在內的熱情。能熬苦，能上絕路，可也能從絕路上另找站腳地，在顯明的矛盾的界限外，他有他的混然內力讀佛經時可以看一切皆空，脫下袈裟便又腳踏實地……對於這個多疑善變的老朋友，義修此時深感到自己的觀察遠不及巽甫。想到這裡，把藏在胸中的那樣虛飄飄地綺色夢的悲哀與悵惘的歡情漸漸壓下去，不肯多提了。

堅石覺得義修的態度不但是消沉無力，而且太迷惑了，禁不住要再勸他一回。他知道義修對於中國的古老文學有特殊的嗜好，便引用了兩句《詩經》道：

「從前人說『既見君子，我心則降！』本來相別三天還當刮目，我們大家都當青年，社會的動盪又太厲害，是非，真偽，善惡，又這樣的紛亂交雜。青黃不接的過渡時期，我們在裡面被激盪著，誰能不變？我就喜歡在這個變的過程中各人有點尋求。不過總得望令人心降的去處變，不可使老朋友隔幾年看見了越感到沒有絲毫的氣力。宇宙原是一盤善動的機器，我們雖然微小，也許可以湊合群力成一個小小的齒輪。然而這合起來的氣力需要情感與理性生活的密接調劑，太偏了便失卻平均。自然誰也沒有把這兩件東西分配得平均。像我也一樣的或輕，或重。義修，你該真覺察得到你與我的不同之點吧……」這一段話說得太急了，自己也覺出有點亂。

輕易難聽到的有哲學意味的大議論，居然由堅石的口中說出來。似乎有心對這失路的旅客作學術講演一般，這不能不使義修驚異而且有點黯然了！

「不錯，不錯，夠得到士別三日的話了！堅石，大約你在這所中學裡聽慣了先生師長們教訓的口吻，我遠遠地跑來——是看你的並且談談友人中的事啊。」

堅石還想往下說，一看義修的樣子，便咽口氣道：

「算我是習於所染吧！久不見，話自然是多些。好了，你在我的床上睡一會，別急著走，我下去辦辦事。下午我約你吃酒，這地方有一種小米造的好酒——是好酒你不愛喝？不嫌嚕嗦，到那時再談。」

十九

就這樣結束了兩個人的彷彿有意見的爭論。堅石微皺著眉尖走下樓梯，到辦公室中打開本子，心裡很不安，結束昨天未完的帳目，十分勉強。看看唐書記正在按受某教員的講義稿，要抄寫付印，一個勁地低頭作活，也少有談話的機會。

及至帳目理算清楚以後，恰好在存款項下餘著一百十幾元的數目，抽開屜子把錢數過過，不錯。把屜子閉上時，遲疑了一會，便鎖起來。一隻手托住頭，對了對面牆上掛的博物示教圖出神，一會輕輕地拍了一下大腿，站起來往隔壁的閱報室中走去。還沒下班，恰好沒有一個人在裡邊。他看著木格上一疊疊掛起來的報紙，那些奇怪字的廣告都似懂得自己的心事向自己冷笑。他且不看報，圍了長方案子走了兩趟，把制服中的皮夾掏出來，數一數不多不少，還有三塊五角的零錢。夠什麼用？除非等到兩個星期後發下下個月的薪水。

「太遲了，太遲了！失去了這個再衝一次的機會，便只好老在這裡與簿記本子，珠算盤作伴，而且前路上有生動豐富的生活等著自己，為什麼不從另一方打開一條大道……」

他的心更堅決了，想暫且不計較，晚上再細想一下。無意中找到才市內送到的一份報，隨意揭開第一頁，有八個特號字刊在頭一欄裡是：

「中山先生昨日逝世！」

他急急地往下看，電文很簡略，是只是說昨天什麼時在北京行轅過去了，並且還有極重要的遺囑等等。

這又是一個重大的激刺，他曉得未來中國的大事還麻煩得多呢！楞楞地站了一會，他決定不再遲疑了，「非辦這一手我走不了！還有薪水頂一半，算我對校長的借項，才幾十元，一個月準能匯還。何必為這點小節耽誤了自己！」

用手按住報紙再想一遍：「大哥這一回又該受點編派，不過這比不得出家，幹事情還是先得了母親的同意。他們也許往榮華富貴的一面想，希望有了對我便可放鬆？」想到這樣自己的曲解，噓一口氣。

「傳統的，牽連的舊社會與舊家庭，使人真覺得無道理可講！自己絕沒有身木那種灑脫勁，行所無事，輕輕地投到那裡就安然地在那裡頭幹。但不知怎麼，家鄉中人對自己的看法是怪物，對身木呢，卻沒有多少人給他什麼評論。其實自己又何嘗是居心有『驚世駭俗』的舉動。已經是鬧過一次笑話了，還怕他們說這個，那個……一個有趣的對比：頭一回是要使『六根清靜』，現在卻偏偏犯一次佛家的大戒——偷！」

亂想著，聽見操場裡有哨子響，即時門外有一群學生往外走。「許是有一班上武術班？」堅石即時也丟開報紙走出閱報室來。

十九

二十

第二天。

說是為陪著朋友逛一天，特別在校中請了假，沒多帶東西，只是託辭是義修的小皮箱帶在身邊。到了小碼頭，買好往海州去的小火輪的船票。怕被人撞見，趁客人來的不多，堅石便先進了房艙。

兩人床位的艙中對面床板上放了一隻網籃，籃子的主人沒到。他看過堅硬的木板懊悔沒有一床毯子，只好把粗呢外衣鋪上面，急急地把買來的幾份報紙打開看。

一陣近於不安的心思使他感到煩躁，一股汽油與煮菜氣味混合著從底艙裡向上蒸發，微微覺得頭暈。雖然報紙上載著些重要新聞看不下去，從皮箱裡摸出一包良丹來嚥下幾粒，接著把下餘的從校中偷來的款項再數一遍，隨手將木門帶上，手指微顫著錢又重放到內衣袋中。躺下，心頭突突地跳動。聽小圓窗外的水聲，與碼頭上小工的耶許叫聲，船面上卸貨的起重機軋軋的響叫，一大群賣零食的爭著拉買賣，他竭力想

二十

著寧靜卻更煩躁起來。

彷彿自己真是一個有罪的偷犯，挾款逃跑，時時防備人家來捉住他。

到海州擬發的信稿記憶有好幾次了，郵票都預備下，下船即發。別處的非到軍隊的駐紮地不能透露消息。他想這些事都很妥當。但除了多支了學校的一百元錢之外，還感到自己有對不起學校校長的地方。

閉了眼睛過一會，煩躁稍輕點，把幾張報紙重複看一遍，最重要的是中山去世的較詳的記載，以及遺囑的宣布。又再往下，連附刊的文藝，社會新聞匆匆閱過。還不到開行的時間，對面床上的客人也沒來。房門外有幾個日本人談著自己聽不懂的話。雖有一個小圓窗子正好背了陽光，房艙中暗暗地一片陰沉。睡是睡不到，寂靜中聽見外面的各種叫聲耐不下去，坐起來重複把皮箱子打開，取過兩本書：是他嗜讀的嚴譯《群學肄言》與隨在身邊一年餘的《現代小說譯叢》。

把小說集放在一邊，先檢開《群學肄言》，無目的的涉獵。正好是《情瞀》那一篇，這題目使他感到與自己的一時的興味相合，隨手翻下去看：

「……緣畝之民極勤動不足以周事畜，而舊家，豪室猶有非時之力役，奔走，喙汗，無所息肩。町畦之所出，狐狸，野彘，雉，兔，麋，鹿之食資之，殺之則有罪，訟之不見聽也……以改良為不法，以致物利用為作奸。有所創製則以為奇技，淫巧而罰鍰。邑之徵賦，殆悉取於力作之家……豪家浸漁，鮮貴施奪，則必不得直。國為治民之事，其所用者偵吏也，罔證也，以周內羅致人罪者也。其郡鄙分治之不善如此，其朝廷統御之無良亦如此！民生多艱，舉趾觸禁，言之有非外人所能信者。而樞軸之地，放蕩，恣睢，貪殘，奢侈，竭府庫以事窮大之宮居，毀軍旅以從無義之戰伐，民已窮矣，而後宮之費益滋，乃舉不可復彌之國債。賦既重矣，而竭澤之漁未已。遂致通國同憤之謗聲，欲取逸居擁富之眾而算之。勢不能也……」

平常看過的文字未曾特別留意，這時偶然翻到，堅石卻覺得分外感動了！揭過兩頁，才知道斯賓塞爾這段文字是論法國大革命前的事實，正合於自己當前的心思。他再往下看：

「當是時法民作難，政已不行，而無良怙終之豪家，神甫，猶相聚以謀復舊柄，甚且潛結外雠以蹂躪宗國。於是法民狼顧愁憤，率土若狂，受虐於厥祖考，棄疾於其子孫，欲得甘心而已……

「使民權終古不伸，則繼自今，三木桁楊無去體之一日！勤動之所得，俯仰之所資，且日深，餓莩而已。存者菜色，偷生草間，固不如死！夫民思無俚至於此極，其

二十

僨興，悖亂不知所圖，固其所也……顧誰實為之，而使之至於此極歟？」

很奇怪，想不到這本講社會學原理的書中有這麼動人的敘斷。何以從前讀過毫無察覺？他無意中跳下床來，外面的種種聲音似乎都停止了，只是自己的一顆心在胸中迸躍，從使民權不伸以下重讀一過，他長嘆一聲念道：

「顧誰實為之，而使之至於此極歟？——誰實為之？」即時，在他突來的想像的腦影中，湧現出一片塗血的原野：殘斷的肢體，頭顱，野狗在沙草的地上瘋狂般的吃著人的血，刺鼻的硝煙，如墜霰的火彈，光了身子逃難的婦孺。金錢，紙幣的堆積，一隻隻有力的巨手用雪亮的刀鋒割下人民的筋肉，在火爐上烤食。妖媚的女人，獰猛的灰色人。狡猾的假笑，用金字與血液合塗的文告。高個兒綠眼睛的西洋人與短小的鄰人站在高處要提線的傀儡……轉過了，又一片的淒涼的荒蕪，有血腥氣息的迷霧。不見村落，不見都市的建築，一顆挺立的樹，沒有；一朵嬌美的花，也沒有；甚至聽不到雞啼，連草間的蟲子叫也沒有。一切虛靜，一切死默，全沉落在這一片黑茫茫的氛圍之中……

然而很迅疾地，實現在他的睛下的又是一般驚心的比較：

「向也，萬人之死莫不有其自作之孽，抑其黨之無道暴虐而誇詐也，則以為可憫！

「今也，是二百萬人者皆死於無辜；且皆以威力驅凋殘困苦之民以從之，則以為當然而無足念。」

原來斯賓塞爾在慨嘆英國人對於法國大革命之殺戮便著實惋惜，而對於革命後拿破崙不過為了擴大他一個人的野心，四出征伐，連結多年。白種人死於兵事的有二百萬人，而英人反以拿氏為不世英雄，企慕，敬服。是非顛倒到了這樣怪異的程度，他幾乎對於所謂公道絕望。讀到這個比較，堅石想起作書人的憤慨，將書本放下了，他緩緩地在狹小的地上來回走著。

「這不是一般常人不明事理的盲論是什麼？連年無休的軍閥內戰，那個省分不曾有過，那個地方的人民不曾受到不可恢復的損失？為什麼到現在，『存者菜色，偷生草間，』還怕革命？通國同憤的謗聲變成一把烈火，革命，革命，再不及時翻動一下，豈止是法國當年的『竭澤而漁』專供一般有權有勢的特殊人物作犧牲，到頭都盡，終是外國人的公共牛馬……」

他想著，不自知地把牙齒咬得微響……他記起了耿直的唐書記；記起了校中的團體；記起了今天絕早乘車西去，憔悴清愁的義修……突然有人拍門，聲音是那樣的粗暴。

二十

「喂，喂，為什麼船不開大天白日便關了門？難道是包艙？」

有點熟，來不及想了，堅石急急地把門開放。隨了往後閃的單門擁進一個戴紅結小緞帽，灰市布長褂的少年商人。

堅石沒敢端詳來人的面貌，先說：

「對不起！剛剛睡一會，太早，怕有人……丟東西，門關了，真有些對不起！」

「對不起！」再說一遍，吐音未完，一隻有力的硬手飛過來，壓住自己的肩膀。

「哈哈！巧遇，巧遇！原來是你一個兒藏在這裡。同行，同行，這真是『得來全不費工夫』呀。」

堅石下意識地向對面床角上倒退了一步，抬頭正對來客的臉，雖然有頗長的鬍子根，更黑些，確像是初從田野中奔來的小商人，他不是久久連行蹤都聽不見的金剛是誰！

意外的，是這麼匆促中的相遇，卻把堅石呆住了。金剛——那個言談行動都充分富有原始農民性的壯人，把一提籃的水果與一個粗被套摔到原占有的床上，且不與堅石談什麼，如旋風似的跑出去，在甲板上不知同誰說了兩句話，又獨個兒鑽進來。堅石仍然像深思地立在一旁，沒有動。

「喂，喂，大和尚，天緣巧合。怎麼來得這等巧！還在一個房間裡。你多早返的俗？現在又往那跑？——你瞧，你這一變簡直是『魯一變至於道』了。脫去學生皮，成了小負販，我這打扮你別見笑，老剛如今更成了俗人了啊。」

不等得答覆，從提籃裡取出兩個圓紅的蘋果遞給堅石一個，自己的立刻在大嘴角上咬下了一片。

「剛，你應該知道我從山中跑回家鄉去吧？」堅石一時弄不出相當的話來對付他。

「似乎聽說過，我忙於做買賣，老實話，不大有閒心替朋友們操心。幹嘛？修行不好麼？那是你的主義，向絕路上走就走到底呀。」

「且不要提我走什麼路，到底不到底，橫豎在你是有點不上眼。但是你的呢？剛，你會變成小負販？騙別人可以，我們究竟在一處混過的，難道連這點事還解不開……」

堅石這麼直接了當叩問法。金剛把吃剩下的半個蘋果拋在小桌子下面，在他的黑黑的圓臉上閃出勝利般的微笑。他挨過來，握住堅石的一隻手，有力，熱感，暫且不做聲，直對堅石的臉細看。末後他輕輕道地：

「誰不走路？『女大還有十八變，』何況你，我！你自己想想，變了幾回：學生

二十

會幹事，一躍而遁入空門，要修成菩薩身，又回俗，又成了學校職員，實話說，你的經過我知道的很清楚。究竟是在一處混過的，那能不替老朋友操操心。——我告訴你，老朋友，究竟還有這麼一點世情的關連呀……

「先生——如今我真夠得上稱你先生了！——我頂愛說話，管不的真假，好在這小屋子止有你我，早哩，開了船讓我們聽著汽機細談。你學過什麼佛法，真假當然算不了一會事，真即是假；假也許真。老石，你的不成由於你的這份書呆子氣，可是你是好人，你令人有時想得起來也在這份書呆子氣分上。不瞞你——我的批評，你的心太多了，幹來，幹去，也許太聰明些，總歸是不合心思。難得有極滿意的時候。我這話打兩年前就說過，別看金剛近乎老粗，來，坐下吃水果，把現在放下，讓我們學學老年人溫溫舊夢，只談過去的事，湊點熱鬧。」

堅石略感遲疑地在自己床位上坐下來，那本頁子散亂的《群學肄言》斜擱在小皮箱的旁邊。金剛口裡吹著低低的口哨，把一套經薄的被包打開，網籃拿到床下，看樣子他仍然是當年的快活，卻在勇敢的高傲中多了些狡猾的神氣。堅石知道他的底子，是在那一股活流中泳泅的青年，不過看他的打扮，身分，在表面上不能不使自己疑惑。分外可怪的，是隔了兩年了，自己的行徑他能說的清楚，他的呢？毫無所知。怕連與他最是接近的巽甫也不明白吧？也許巽甫這次跑回來情形此先前不同了。想到這裡，禁不住要試他一試，便裝作從容的閒話問他：

「問你點正事，休要花裡胡哨地講。你知道我都很詳細，巽甫呢？最近他在哪裡？幹什麼事？」

金剛收拾完床鋪，回過身子來，「我連你的最近還不十分清楚哩，你應當告訴我，你要向哪裡跑？找誰？公事？私事？先交換了這個再談他。」

「我……往徐州找一個朋友，沒法子，老蹲在這邊沒出息，玩一趟去。」

「玩一趟徐州？那個古英雄的出產地，現在有的是鴉片菸，桿子頭，英雄可不容易做得成！」

他對堅石非惡意地釘了一眼。

「怎麼？你老是這一套，說話不像以前的實在了，真學得有點走江湖的口吻。」

「是呀，你還看不明白？像我不是闖江湖還像那個？我沒有藏在自己硬築成的象牙塔中。談情說愛的耐心，也少那樣脾胃；更學不了上山清修的本領，天生成的粗爽，只好『下海』了！」

他說這幾句，態度上並不完全對老朋友開玩笑，很正經，每一句話說出來都有點

二十

兒嚴肅。

「你說，你說！當然你的批評，我就是不懂，『下海，下海，』怎麼叫做『下海？』……」

「很容易懂，」金剛一手摸著不長的黑胡根，眼睛裡滿含著他的不可掩的熱情，「……你不記得『泥牛入海』的故事了麼？」

「噢！你比方你自己是一隻泥牛，真真有味。」

「豈但有味，就是事實。笨得像我——說來話長了，出身那麼窮，終天守著鐵匠爐，火鉗，錘子過了幼年時代你還不知道？好容易入學校，升到中學一班中誰能說我伶俐。反正甲等的名次裡從來沒有過我。笨，笨得如一隻牛差不多。那能像你們那班文學派，比古，論今，知書，懂禮。牛也好，離開學校，冷冷地被扔到社會中來。社會還不是一個無邊岸的大海，扔在裡頭掙得到一口活氣，不大容易吧！這個不論，管它有無後來的消息，總而言之，擲下去了。便作泥做的吧，這樣的牛多了，也許海水變點顏色，所以我安心自比——以此自比。再來一個，老石，我就不佩服那銜石填海的鳥兒——老是在水面上飛行，哀哀苦叫，海中的波浪掀天，他盡很做了一個旁觀者，自己的羽毛如何會不上一星星水味？不必說它嘗不到淡，鹹——講回來，石，人家有羽毛知道愛惜；知道羽毛的漂亮與美麗，更藉著聲音去誘惑人。我呢？本無羽毛，笨得周身全是泥土，不下海幹嘛？嗯，老石，你應該說：『你走江湖就是多學了點吹哨的本事吧，』這的確是我的進步，我比先前活潑得多了。」

「你告訴我的就是這兩個比方……」

堅石靜靜地聽過金剛這段話，也有點受感了，不過他不滿足，他還希望這突遇的怪人多說些。正當金剛要再說時，汽笛尖叫了幾聲，船面上的水手喧嚷著，船身稍稍有點動。

金剛拉著堅石道：

「出去看看，船就開，看看海岸上的光景。」

他們即時開了艙門到甲板上去。

船開行了，軋軋震耳的汽輪響動，慢慢地，慢慢地，掉過船尾，離開那些密集的，有尖桅的舢板層，離開了小碼頭上短衣黑面的叫賣販與碼頭夫。腥鹹，油膩的氣味聞不到了。內力的鼓動，沖開懶懶浮漾的海波，載了這一船的客人，貨物，往前途去——尋求他們的命運去。

水手們理好甲板上的機盤，粗繩索，各人走去。客人不多，只有從統艙中上來幾

二十

個工人模樣的男子，兩個紳士派的日本人，銜著香菸從容散步。

轉過了後海灣，船是向一面高岸，一面有小山的埠頭告別了，那些紅瓦的房頂，有煙囪的地帶，漸漸轉去，漸漸消失。

堅石倚在舷側，目不轉睛似的回望著這片可愛的地方，與距這地方不很遠的家鄉。在心頭上又激起一縷的幽感，不是壯思，也不是別愁。他想著這再一次的偷行，甚日重來？重來時是個什麼樣的世界？多少日月呢？這最近的將來全中國要另換成一個怎樣的局面？

由父親的憂鬱性的與神經質的遺傳，堅石雖經過一次翻滾，鎮定得多了，卻仍然不能去掉激於熱心的，不能忍耐的寂靜與空虛中度過去的生活。他並不怕人間的毀譽與利害，但他缺乏的是明定不移的信仰，與分析的頭腦。他自己明白，這一次出走是往積極的路上跑的，但懸在他心中的只有燦爛炫耀的兩個大字，是「革命！」究竟革命的目的與主旨，他也只有一個簡單的概念，那便是救民於水火之中，舊的不除，新生無望。至於主義，辦法，他在這時想不出怎麼是最適當，最有效力，或是從根本上做起。

「信仰」對於這個易於激動又易於疑惑的青年，確有點難於滲入，他贊同三民主義是中國容易走的一條大道；然而對共產派的主張他有時也覺得無話可駁；向人類的最幸福處，最平等處想，安那其主義不也是一個真善美的烏托邦麼？在兩年前，他便為這樣的問題苦惱著，自己在那個學會中與各派主張的人都保有相當的友誼，自己卻永無遠是在徘徊中，跨不出更大的腳步去。正如他為抑壓不住的情感衝動了自己，想一生面壁；想學做鄉村中的逸民；想成為大時代中一個有力的齒輪，但確定是信仰什麼，他自己也苦於訴說不出。

他對於自己的事很了解，但也時時在苦悶著。這時由風景的變易與心情上的徬徨，低頭看看腳尖，仰頭對著斜飛的海鳥，不免更覺得茫茫了！向身旁的金剛看，他正在興奮地同船上的工人問著什麼運貨，雜糧行事，連海州的風土，人情，都談得上來。他真像來回路走得十分熟的老客。海上的景色，與埠頭上的一切，他皆不關念，說起話來自然，響快，如同心中什麼也存不下的一個粗人。

船開了不久，風頗大，船身動盪得比較厲害，空中聚著一層層的暗雲，許要下應時的雨。客人們都回到艙裡去了。

經過兩小時的談話之後，堅石漸漸明白了金剛的任務，而自己這次出走的目的也告訴過他。自然金剛有他的祕密，雖是外表上扮作小商販。對堅石不能盡情說出來，

二十

堅石明白自己沒曾加入過他們這一派，話也不肯深問。但從他的閃爍的言談中，可以窺見這個時代的轉變先期，各個細胞組織的活動力量。身木遠去了，巽甫在南方有他的中間的工作，金剛的巧遇，也可知他有「飛腿」的資格。當年黎明學會中幾個重要份子，似乎都能向各方放射出小小的光箭，不管那些箭頭在未來是永遠的鋒銳，還是磨鈍了，或者長上血鏽。堅石想起這些事，與朋友們的分道前行，又引起自己在團體中活動的興味，頗感著光榮的微微的傲思。縱然自己是方走上那條長的正途，可是提起興頭往前跑！他回念著舊事，一股青春的活力在全身內跳動，就是只有這一點點的活力，他覺得什麼事都可以幹！前途任管有什麼困苦，他咬住牙能受得了。這像是說不出的，有似白熱化的心情，與兩年前決定以青燈，古佛作終身伴侶時的狂熱一個樣。雖然不願細作分析，或作未來的究竟觀，但誠實的歡喜心，總以為這一時自己是有了生命的倚靠；有了興致；有了尋求的目標。打退了一時的煩苦，思慮，與把捉不住的紛擾的妄想。

倚在艙壁上，他在重溫舊夢了。夏夜湖上的沉思，暗階前同他們幾位的對語——尤其使他記得十分準確的是到他思齊叔的寓所內找路費時的長談。

那句重要的話，一個字也不曾忘掉，「你可知道這是件很嚴重的事。」但他只能饒恕自己了！希望把這句話再應用到這一次的偷行上，有個著落。他決定非在前途上留下點痕跡不再跑回家鄉，不與那些瞧不起自己的人們見面。

金剛說是到統艙裡找人去了，直等到開了電燈還沒回來。

從圓玻璃眼中向外看，昏黑得別無所見，只有船身衝過暗濤，激起一層層的銀光的浪花，推出去又捲回來，還能彷彿看得清。隔壁的艙中有人唱著粗嗓子的大淨戲，沒有胡琴，用指頭敲著板眼，還夾雜著女人的笑語。堅石在圓窗上望了一會，重回到靠著小案子的床邊上坐定，心安了好多。沒有事作，把上船後取出的另一本書隨手翻動，他按著目錄找出他以前讀過，認為最受感動的《世界之征》那一篇，從開始看到有下面幾句話的這一段：

「……他們都由許多不大能夠看出的小點聚集而成，彷彿是不活動的，但實在是慢慢的在那裡動。每個單點向前滑走，在一時間內不過二分弧度；而且並非直線的。只是環繞著自己的運動的中心，顫巍巍的盤旋上去。」

堅石看這段很慢，幾乎要把每一個字都能記住一般，並且低低地輕念道：「只是環繞著自己的運動的中心，顫巍巍的盤旋上去。」念完了，對白堊的牆壁楞了眼，再往下看：

二十

「那些小點聯合了，分散了，隱滅了，又走出在球的頂上了。但各個小點的形態，並不值得什麼注意，只是那全個斑點的運動很有重要的特色。他們縮小了，或者長大了，在新的地面出現，互相侵入，或被逐出在原來占據的地位之外了。」

看到這裡，他把眼光移到對面的白牆上，真的，彷彿有一些小點子在上面迸躍。倏地聚合起來，倏地四散了，除了那片白色的牆底之外，分別不出從書中跳上去的斑點是什麼顏色。它們移動，分化得太快了，微光交織，可恨自己的眼力不濟，難於分清。但他們都像些有氣力的小生物，在各找適合的地點作躍動的工作。堅石在這一霎有點恍惚了，他覺得那些小點內有自己與他的朋友的生命附著住，凝合住，這是他們在光明中能夠生存的表徵……澎轟的一聲，房艙的四壁全傾過去了，又顛過來，幸虧旁邊的小木案做了靠身，沒摔下床去。電燈泡左右搖動，光與影在地板上，在角落裡，都彼此爭逐著。一個勇猛的浪頭打上床側的圓眼睛，很迅疾地又跌落下去。聽，海上正奏著急風，驟雨，與飛濤的合奏樂。而軋軋的汽輪並沒曾因為外面的風，雨，停止了催著前進的響聲。

堅石覺得一陣頭暈，跳下床來，書落到腳邊上。向對面白牆上再看時，斑點全消了，上面是一片光明與一片暗影互相進展，互相推讓。

船身雖是搖動得厲害，堅石終於扶住案子強站起來。

這一夜，海上的暴雨沒有停止，在傾側搖動的船床上，青年的旅客們，半眠中，各人摸索著各人的夢境。

電子書購買

國家圖書館出版品預行編目資料

春花：半眠中，各人摸索著各人的夢境 / 王統照著 . -- 第一版 . -- 臺北市：崧燁文化事業有限公司 , 2023.07
面；　公分
POD 版
ISBN 978-626-357-421-2(平裝)
857.7　　112008398

春花：半眠中，各人摸索著各人的夢境

臉書

作　　者：王統照
發 行 人：黃振庭
出 版 者：崧燁文化事業有限公司
發 行 者：崧燁文化事業有限公司
E-mail：sonbookservice@gmail.com
粉 絲 頁：https://www.facebook.com/sonbookss/
網　　址：https://sonbook.net/
地　　址：台北市中正區重慶南路一段六十一號八樓 815 室
Rm. 815, 8F., No.61, Sec. 1, Chongqing S. Rd., Zhongzheng Dist., Taipei City 100, Taiwan
電　　話：(02) 2370-3310　　　　傳　　真：(02) 2388-1990
印　　刷：京峯數位服務有限公司
律師顧問：廣華律師事務所 張珮琦律師

定　　價： 299 元
發行日期： 2023 年 07 月第一版
◎本書以 POD 印製
Design Assets from Freepik.com